T0294319

La guerra de los botones

Para Lisa Hartman y Ed Stein

Editorial Bambú
es un sello de Editorial Casals, SA

Título original: *The Button War*

Publicado por acuerdo con Walker Books Ltd.

Esta es una obra de ficción. Todos los
nombres, personajes, lugares y sucesos
que en ella aparecen son producto de
la imaginación del autor o, cuando son
reales, están usados de forma ficticia.

© 2018, Avi Wortis Inc., por el texto
© 2019, David Paradela López, por la traducción
© 2019, Editorial Casals, SA, por esta edición
Casp, 79 – 08013 Barcelona
Tel.: 902 107 007
editorialbambu.com
bambulector.com

Ilustración de la cubierta: Riki Blanco
Diseño de la colección: Miquel Puig
Coordinación editorial: Jordi Martín Lloret

Primera edición: febrero de 2019
ISBN: 978-84-8343-576-2
Depósito legal: B-1050-2019
Printed in Spain
Impreso en Anzos, SL
Fuenlabrada (Madrid)

Avi
La guerra de los botones

UN RELATO DE LA GRAN GUERRA

Traducción del inglés de
David Paradela López

bambú

EDITORIAL

AGOSTO DE 1914

1

El bosque estaba en silencio. El calor de agosto traía un aire suave, impregnado de un olor a tierra y a frutos maduros. Los árboles, altos y viejos, se alzaban sobre nosotros como una iglesia antigua. Aquí y allá, los rayos del sol caían sobre las plantas, moteándolas con manchas de luz. Unas cuantas flores blancas y azules asomaban tímidamente el rostro, y aquí y allá brotaban algunas setas como húmedas burbujas de color pardo.

También había animales: venados, zorros, martas, serpientes. Claro que nosotros no los veíamos. Nuestras voces y risas habrían ahuyentado a cualquiera.

Éramos siete: Drugi, Jurek, Makary, Raclaw, Ulryk, Wojtex y yo, Patryk, todos entre los once y los doce años. No formábamos un club ni una pandilla; éramos más bien un rebaño de cabras salvajes. Corríamos por el pueblo, merodeábamos por los campos, robábamos fruta, pateábamos una vieja pelota arriba y abajo de la calle, jugábamos o entrábamos y salíamos de la casa de uno u otro para darnos las últimas noticias, como por ejemplo: «¡La hermana de Wojtex se ha cortado un dedo!».

Incluso nos vestíamos de forma similar: pantalones holgados, camisas oscuras, gorras de tela, zapatos viejos o botas remendadas. Naturalmente, había diferencias. Raclaw, cuyo padre se ganaba bien la vida, casi siempre llevaba ropa nueva con botones de azabache. Jurek, por el contrario, parecía sujetarse la ropa con imperdibles.

Pero daba lo mismo. Siempre lo hacíamos todo juntos. Por eso, cuando Jurek dijo que se iba a las ruinas porque su hermana se había enfadado con él y le había dicho que se marchase de la casa, nosotros fuimos con él. «Total –dijo–, las ruinas son mi verdadero hogar».

Como a un kilómetro bosque adentro, abandonamos el camino –con Jurek al frente– y nos internamos entre los árboles oscuros hasta llegar a un promontorio. Fue entonces cuando vimos los cimientos vencidos, los fragmentos de los antiguos muros y las piedras recubiertas de musgo y líquenes de un color gris verdoso. Casi todo estaba medio hundido en la tierra. Había también una chimenea que, aunque torcida, todavía podía utilizarse.

Yo creía que en tiempos había sido una granja.

Makary estaba seguro de que era un escondrijo de bandidos abandonado.

Ulryk creía que era una antigua iglesia.

Jurek insistía en que las ruinas habían sido un castillo que había pertenecido al antiguo rey polaco Boleslao el Bravo. Es más, Jurek afirmaba ser descendiente de Boleslao y, por consiguiente, el legítimo dueño de las ruinas, del bosque y hasta del pueblo.

Convencidos de que Jurek se había inventado esa historia para darse importancia, interpretamos el comentario como lo que era: una broma. Jurek tenía tanto de rey como yo de fraile. Podía ser que en el pueblo hubiera otros niños tan pobres como él, pero yo no los conocía.

Cuando llegamos a las ruinas, hicimos lo que hacíamos siempre: nos pusimos a recoger leña para encender la chimenea. Daba igual que hiciera calor. Sentarnos frente al fuego nos hacía sentir como si estuviéramos viviendo una aventura.

Jurek y yo fuimos juntos a buscar leña, caminando uno junto al otro.

–¿Y tu hermana te dejará volver a casa? –le pregunté.

–Sí, al final siempre me deja –dijo él encogiendo los hombros y sonriendo, como para darme a entender que aquello no le quitaba el sueño.

Mientras recogíamos ramitas, vi una cosa pequeña que sobresalía de entre la tierra. Me agaché y lo cogí.

–¡Trae eso aquí! –gritó Jurek–. Yo lo he visto antes.

Mentira. Me giré para darle la espalda y me acerqué aquella cosa minúscula a los ojos.

–¿Qué es? –dijo Jurek–. ¿Qué es?

Para mí, aquello no era más que un viejo botón oxidado.

–¿Es dinero? –preguntó Jurek–. ¿Una joya?

–Es un botón.

–Lo necesito.

Lo miré.

–No, no lo necesitas. Tú usas imperdibles.

Eso lo dejó de pasta de boniato. Se quedó ahí, con la boca entreabierta y pálido como si acabase de vomitar. Tenía un aspecto tan ridículo que me eché a reír.

Al oír mi risa, saltó como un muelle: se abalanzó hacia delante y trató de arrebatarme el botón.

–¡Es mío! –gritaba.

–De eso nada –decía yo apartándome.

–¡Te digo que es mío! ¡Todo el bosque es mío!

Jurek daba vueltas a mi alrededor tratando de quitarme el botón. Yo me iba girando para impedírselo.

–¡Ya está bien! –gritó–. ¡Es mío!

Me aparté y lo miré. Estaba resollando, tenía los puños apretados y las mejillas coloradas. Jamás lo había visto tan enfadado.

–¿Se puede saber qué te pasa? –le pregunté.

–¡Todo lo que hay aquí es mío! –gritó–. Dámelo, ¡soy el rey!

–Qué tontería.

–¡No es ninguna tontería! –berreó, y trató nuevamente de quitármelo, pero logré girarme a tiempo.

Reconozco que yo no quería para nada aquel estúpido botón, pero me daba la impresión de que Jurek se comportaba como un cretino por culpa de la historia esa del rey Boleslao, y eso hacía que se me quitaran las ganas de darle el botón.

De pronto, Jurek agarró un palo bien grueso del suelo y lo levantó como si quisiera pegarme con él.

–¡Dámelo! –rugió con la cara llena de furia y blandiendo el palo como si fuera una maza.

Asustado, retrocedí unos cuantos pasos y lo miré, incapaz de comprender qué estaba ocurriendo.

–¡Te estoy avisando! –gritó, acercándose con el palo el alto–. Todo lo que hay aquí es mío. ¡Todo! ¡Dámelo!

El corazón me latía a toda velocidad, pero yo no quería ceder.

–De acuerdo –dije, y tiré el botón lo más lejos que pude–. Si lo quieres, ve a buscarlo.

Jurek ni siquiera miró adónde lo había lanzado, sino que se quedó donde estaba, sosteniendo el palo, resollando y temblando. Yo no podía dar crédito al odio que se reflejaba en su rostro.

Poco a poco, bajó el palo, pero sin quitarme los ojos de encima.

–Me voy con los demás –dije en cuanto recobré la voz, y eché a correr dejándolo ahí, aferrado aún a su palo y lleno de ira.

Cuando llegué a las ruinas, no les dije nada a los demás. Todo aquello era demasiado espeluznante. Además de absurdo.

Al cabo de un rato, Jurek regresó. Parecía haberse calmado, aunque al principio evitó mirarme. Él no dijo nada y yo tampoco le pregunté si había encontrado el botón. Ni por qué se había comportado como un loco. En lugar de eso, nos sentamos todos junto al fuego como siempre hacíamos y empezamos a charlar y a gastar bromas.

Cuando oscureció, nos levantamos y nos preparamos para irnos, pero Jurek se quedó rezagado.

En un intento por ser amable y quitarle hierro al asunto, le dije:

–¿Volvemos a casa?

Él me miró de forma inexpresiva.

–Mi casa es esta –dijo.

Nos fuimos. Jurek se quedó.

De camino al pueblo, no dejé de pensar en lo ocurrido. Lo cierto es que nunca había visto tanto odio en la cara de nadie. Desconcertado, traté de olvidar toda esa locura con la esperanza de que no volviera a suceder.

Pero no fue así.

2

Cuando ahora echo la vista atrás, pienso que Jurek y yo éramos como dos perros de la misma manada: algunas veces nos mirábamos meneando la cola; otras, gruñíamos y nos acechábamos, como habíamos hecho en las ruinas. En otras palabras, éramos amigos, podría decirse incluso que íntimos amigos, aunque al mismo tiempo también éramos rivales. Ni él ni yo –ni nadie más– habíamos hablado nunca de eso. Ni sabíamos cuál era la causa. Era así y ya está.

A pesar de todo, si nuestro grupo tenía un líder, ese era Jurek. Era él a quien siempre se le ocurrían cosas nuevas para hacer. Cuando uno vive en un pueblo pequeño como el nuestro, no es fácil tener nuevas ideas. Pero a él se le daba de maravilla.

Algunas de sus ocurrencias estaban bien: carreras, competiciones de pesca, construir fuertes. Otras, no tanto: derribar el viejo manzano del señor Konstanty, atascar con paja la chimenea de la casa del juez, escondernos en el bosque una semana sin decírselo a nadie. No eran exactamente gamberradas, pero casi.

La cuestión es que siempre estábamos desafiándonos a hacer esto o lo otro, aunque al final casi nunca hacíamos nada malo. Generalmente, nos contentábamos con provocarnos, como si fuéramos gallos en un corral, solo que, en vez de cacarear, nos reíamos. Aquellos desafíos eran nuestra manera de ponernos a prueba y ver quién era el más fuerte y quién el más débil.

Por lo común, yo era el que se oponía a las peores ocurrencias de Jurek: los desafíos que consistían en hacerle algo *a alguien*. Me imagino que era porque yo tenía unos padres muy estrictos que siempre insistían en que les dijera lo que hacía y me daban su opinión al respecto. Evidentemente, no se lo contaba *todo*.

Tiene gracia que Jurek y yo, aun siendo tan amigos, fuéramos tan distintos.

Los dos teníamos doce años, pero yo era más alto y corpulento.

Él tenía el pelo largo y castaño, la cara estrecha y los ojos de color azul claro.

Yo tenía el pelo corto y rubio, la cara redonda, las orejas grandes y era de carácter más bien sereno.

Jurek siempre estaba dándose aires con todo ese rollo del rey Boleslao. Y cuando íbamos a las ruinas, se ponía aún más pesado.

Mis padres siempre me decían que debía cuidar de los demás.

Los padres de Jurek habían muerto hacía mucho tiempo y, desde entonces, él vivía con su hermana de dieciocho años.

A nosotros nos parecía una chica guapa. Tenía otra hermana aún mayor, pero estaba casada y vivía fuera del pueblo. Yo no sabía dónde.

Jurek y su hermana vivían en una casucha de un solo cuarto al fondo de un callejón angosto situado en la punta del pueblo. El edificio estaba que se venía abajo.

Mis padres y yo vivíamos en una casa de madera de tres habitaciones en una calle estrecha cerca del centro del pueblo. En el cuarto principal estaba la cama de mis padres, cubierta con un edredón de plumas; luego estaba la cocina, con tres sillas, una mesa para comer y una ventana de vidrio. Mi padre tenía su taller en la parte trasera. Fuera, estaba la letrina.

La hermana de Jurek lavaba la ropa de los soldados rusos que vivían en el viejo cuartel al oeste del pueblo. Hacía la colada en el río y luego colgaba los uniformes a secar en una cuerda tendida entre los árboles de detrás de su casa. Con aquello ganaba el dinero justo para pagar el alquiler y la comida, pero siempre tenía las manos rojas de lavar con jabón de sosa en el agua fría.

Una vez seca y doblada la ropa, Jurek se la devolvía a los rusos y regresaba con más ropa sucia. También recogía la paga de su hermana, aunque luego no siempre se la entregaba íntegra. O al menos eso fue lo que me dijo, tras obligarme a jurar que no se lo diría a nadie. Como siempre estaba exagerando y presumiendo, no sé si era verdad.

Mi padre era carretero: construía y reparaba ruedas de madera para los carros. Era lo mismo a lo que se había dedicado su padre, y el padre de su padre, y así hasta el principio de los tiempos, supongo. A mi padre le gustaba decir: «El mundo siempre se ha movido sobre ruedas de madera. Y así será siempre. Recuérdalo y así tendrás con qué ganarte la vida». De modo que, para aprender el oficio, yo lo ayudaba en el taller.

La cocina no era muy grande y mi madre preparaba la comida con un fogón de leña; yo me encargaba de traer la leña y el agua. Siempre había una cacerola de hierro con sopa que ni se enfriaba ni se acababa. Mi madre, además, remendaba la ropa de los granjeros a cambio de la comida que luego metía en la cacerola. Todas las noches cenábamos los tres juntos, algo en lo que mi madre siempre insistía.

Jurek rara vez comía con su hermana. Peleaban a menudo y ella siempre le decía que se fuera de casa, como aquel día que habíamos ido a las ruinas.

En el colegio, yo era un estudiante regular. ¿Y Jurek? Todo el mundo sabía que Jurek era el peor.

Yo dormía en un estante de madera alto y ancho de nuestra cálida cocina. Para encaramarme a él, me subía a una escalera que mi padre me había construido cuando yo era más pequeño.

En lo alto del estante, había una cajita que mi padre me había hecho para la confirmación. Dentro guardaba cosas que me parecían especiales: un trozo de hilo de plata, una mariposa de relucientes alas verdes, una estampita a color de san Adalberto y una piedra blanca con una raya azul, similar al ojo de un gato.

No creo que Jurek tuviera nada.

Por lo que respecta al asunto del botón, acabé olvidándolo, así que las cosas siguieron como de costumbre... Hasta que ocurrió algo alucinante.

3

Todavía era agosto, e iba yo corriendo por la calle mayor de camino al colegio cuando divisé en el oeste un gran pájaro negro que sobrevolaba el cielo de color rojo sangre. Se dirigía hacia el pueblo.

A pesar de que la vieja escuela de madera, con su pequeño campanario, se encontraba a solo medio centenar de metros, me paré a mirar e intenté encontrar sentido a lo que estaba viendo.

Eché un vistazo alrededor por si veía a alguno de mis amigos, pero no vi a ninguno. En el pueblo había mucha animación y la calle estaba llena de gente. El señor Kaminski estaba abriendo los postigos de su pequeña tienda de ollas y sartenes. La señora Kaczmarek estaba colocando sus botas de segunda mano en su sitio. Vi al señor Zajac pasar con su carrito tirado por un burro. Y había mucha más gente, como los labriegos que se dirigían a los campos que rodeaban el pueblo. Sin embargo, nadie aparte de mí parecía haber reparado en aquella enorme ave.

Tras observar unos minutos el pájaro –si es que eso era–, me di cuenta de que tenía dos pares de alas, uno encima del otro. Aquello no se parecía en nada a ningún pájaro que hubiera visto nunca. Empecé a pensar que quizá no fuera un pájaro, sino un insecto gigante, una especie de libélula, con sus alas múltiples. Encontrar una de ese tamaño habría sido impresionante, porque en mi pueblo casi nunca se veía nada extraordinario.

Embobado aún, me fijé en que las alas de aquella criatura no se movían. ¿Sería un cuervo planeando al viento? Pero no había viento, y el aire, caliente y húmedo, estaba tan quieto como el pescado del puesto de la señora Zielinski.

De pronto, oí un repiqueteo que por lo visto provenía de aquella cosa voladora. No era un zumbido ni un silbido, ni se parecía en nada al ruido de los abejorros o los mosquitos; era más bien un taca-taca-tac. Me recordó al ruido de las alas de los saltamontes. Aparte de eso, el único sonido que me venía a la cabeza era el de un hacha –chac, chac, chac– cortando a toda velocidad. Aunque, evidentemente, era imposible que allí arriba hubiera un hacha.

Al oír el ruido, unas cuantas personas alzaron la vista, pero tras observar unos instantes siguieron con sus quehaceres.

Yo, en cambio, estaba tan fascinado que no podía moverme de ahí.

Fuera lo que fuese aquello, siguió bajando hasta llegar a unos cien metros sobre el suelo y continuó volando, cada vez más cerca de donde yo me encontraba.

Poco a poco eran más las personas que dejaban lo que estuvieran haciendo y, como yo, se quedaban mirando.

De repente me di cuenta de que entre aquellas alas dobles había cables y palos, así como una especie de humo que salía de lo que debía de ser la nariz. Cualquiera habría dicho que era uno de esos dragones que escupen fuego. Solo que yo no creía en dragones.

Entonces vi que delante de la nariz de la cosa –si es que era la nariz– había una especie de disco gris. Parecía girar. Me dije que a lo mejor aquello era una máquina, una máquina capaz de volar. Lo pensé porque Raclaw me había dicho que en alguna parte habían inventado unas máquinas voladoras.

La gente hablaba de inventos de todo tipo en lo que nosotros llamábamos «el mundo de fuera». Cosas que en nuestro pueblo no había. Aun así, cuando Raclaw me habló de las máquinas voladoras, yo no lo creí.

–¿Cómo va a volar una máquina? –dije yo.

–Pues volando.

–¿Dónde lo has oído?

–Lo pone en un periódico que le envían a mi padre. Dice que existen. Los llaman «aeroplanos».

–¿Y alguna vez has visto alguno de esos... aeroplanos?

La palabra se me hacía difícil de pronunciar.

–Solo en fotografías.

–Pues yo no me lo creo.

–Me da igual si te lo crees o no. Es la verdad.

Mientras estaba ahí de pie mirando, empecé a pensar que quizá Raclaw tenía razón y lo que yo estaba viendo era ni más ni menos que una máquina voladora.

Detrás de la nariz del aparato había una especie de bulto; al aguzar la vista, caí en la cuenta de que era un hombre que iba sentado dentro de la máquina. Tenía una cabeza descomunal, con unos ojos redondos y brillantes que no parecían humanos. Más bien recordaban a los de un insecto. Lo cual resultaba extraño. Perturbador.

Miré a mi alrededor para ver si cundía el miedo. Aunque ahora eran muchos quienes miraban, nadie parecía alarmado.

Tras pegar un acelerón, el aeroplano –si es que eso era– pasó haciendo taca-taca-tac por encima de mi cabeza y tuve que echarme hacia atrás para ver lo grande que era. Conforme avanzaba, una sombra negra recorrió el pueblo. Por fin toda la gente que estaba en la calle dejó lo que estaba haciendo y miró boquiabierta. Incluso se veían cabezas asomadas a las ventanas.

El aeroplano cruzó levantando un torbellino de viento tras de sí. Mientras pasaba, vi que tenía unas cruces de color negro en las alas, además de ruedas y una especie de cola mecánica, lo cual acabó de convencerme de que debía de ser uno de aquellos artilugios voladores. Estaba fascinado.

En ese momento, vi que algo caía del aparato. Lo primero que pensé fue que era una pieza de la maquinaria o (sin desterrar del todo la posibilidad de que fuera un pájaro) tal vez un huevo. Eché a correr en dirección adonde había caído con la idea de recogerlo.

Pero entonces hubo un resplandor rojizo, seguido de una gran explosión. En menos de un segundo, en el colegio empezaron a levantarse llamaradas de color azul, rojo y amarillo.

4

La potencia de la explosión me golpeó en el pecho y me hizo tambalear, pero aun así conseguí mantener el equilibrio. Vi que el colegio era pasto de las llamas y que un denso humo negro se alzaba hacia lo alto. En el aire, además, se percibía un olor acre que me provocaba escozor en los ojos.

Busqué la máquina voladora con la mirada. Había remontado el vuelo y, tras describir un amplio giro, se dirigía hacia el oeste, por donde había llegado.

Al mismo tiempo, la gente –gritando, llorando, chillando– echó a correr despavorida hacia el colegio.

El edificio aledaño al colegio era la iglesia. También desde ahí empezaron a salir personas –sobre todo mujeres–, entre ellas nuestro viejo cura, el padre Stanislaw.

De repente aparecieron los soldados rusos del cuartel del pueblo, algunos de ellos fusil en mano.

Corrí hacia el colegio, pero me detuve en cuanto vi primero a dos y después a cuatro niños salir a trompicones por la puerta en llamas. Uno era un niño de nueve años llamado Cyril. La ropa le ardía y gritaba como nunca había oído gritar a nadie antes.

Mientras lo miraba horrorizado, Cyril se desplomó y empezó a revolcarse por el suelo. El padre Stanislaw se le acercó y trató de apagar las llamas con las manos. No sirvió de nada; Cyril seguía dando unos berridos horripilantes.

Cada vez había más personas chillando y dando gritos. Algunas se acercaron a Cyril; otras trataron de sofocar el incendio del colegio. Yo tenía tanto miedo que me había quedado inmóvil. Y sollozando. No pude contenerme.

Pasados unos instantes, el edificio en llamas se vino abajo con gran estruendo, como si alguien hubiera soplado tan fuerte que lo hubiera derribado.

Sin saber muy bien qué estaba ocurriendo, vi cómo se llevaban a Cyril, muerto. Nuestro maestro, el señor Szujski también estaba muerto.

Cuando mi madre, presa del pánico, me encontró, yo seguía ahí de pie, demasiado asustado para moverme. Me apretó contra su pecho y empezó a besarme la frente. Yo no podía parar de llorar. Ella tampoco.

Más tarde, aturdido y temblando aún, di vueltas por el pueblo mientras escuchaba lo que decía la gente. Creían que era un aeroplano y que lo que había soltado sobre el colegio era lo que llamaban una «bomba».

En otras palabras: aquella máquina voladora había llevado la guerra a mi pueblo.

5

Yo había nacido en el pueblo y había vivido ahí toda la vida. No era muy grande. No habría más de un centenar de casas de madera y ladrillo. Ninguna de ellas era de grandes dimensiones, salvo el edificio de ladrillo de tres pisos donde vivía el juez. Supongo que debía de haber en torno a un millar de habitantes, casi todos pobres. Sí, había un par de terratenientes ricos, pero la mayoría de la gente eran granjeros y campesinos que trabajaban en los pequeños campos que rodeaban el pueblo. También había algunos comerciantes, pero no ganaban gran cosa.

En el pueblo había una calle principal, adoquinada en el tramo del centro urbano. Desde ahí partían calles y callejones estrechos y tortuosos. Como eran de tierra, cuando llovía se formaba una espesa capa de lodo, y, en invierno, una especie de nieve turbia y fangosa.

En los campos de los alrededores se cultivaban patatas, coles, cebollas y centeno. Algo más allá, dos o tres kilómetros al este, crecía un bosque espeso, verde y oscuro en verano, gris y blanco en invierno.

Por el medio del pueblo cruzaba un río, al que llamábamos simplemente «el Río». La mitad de la gente vivía al este del Río y la otra mitad al oeste, pero todos nos considerábamos del mismo pueblo. Un puente de madera destartalado unía ambas orillas. La gente decía que el puente era la razón por la que se había fundado el pueblo.

El agua del Río era fría. Muchos, como la hermana de Jurek, iban allí a lavar la ropa. En verano, mis amigos y yo nadábamos o pescábamos en él. En invierno, aunque nevase, el Río nunca se congelaba. Discurría demasiado deprisa, como si quisiera alejarse de nosotros.

También había una iglesia católica, la de San Adalberto, con nuestro viejo cura, el padre Stanislaw. Yo le tenía cariño. Jamás nos regañaba y contaba buenas historias.

Detrás de la iglesia había un abarrotado cementerio, de modo que los habitantes del pueblo no se iban de allí ni siquiera cuando se morían.

Antes de que el aeroplano lo bombardeara, teníamos un colegio, consistente en un edificio de una sola habitación. A nadie le gustaba ir. El maestro, el señor Szujski, era de lo más aburrido y tenía una vara de madera con la que nos golpeaba en las espinillas cada vez que respondíamos mal a una pregunta, que según él era casi siempre. Jurek era el que se llevaba más palos. Además, por decreto del Gobierno, el señor Szujski enseñaba solamente en ruso. En el colegio, nadie podía hablar polaco.

La única carretera que entraba y salía del pueblo era una calzada de tierra de color blanco grisáceo. Por la noche, cuando brillaba la luna, relucía como una Vía Láctea terrenal. El señor Wygoda, el tonelero del pueblo y amigo de mi padre, me dijo una vez que si caminaba lo suficiente hacia el oeste, llegaría a una gran ciudad. Decía también que haciendo lo mismo en dirección este, había otra ciudad aún mayor. Nunca le pregunté cómo se llamaban.

A veces pensaba que podía ser una buena idea tomar la carretera hacia el este o el oeste, pero como no sabía dónde podía terminar, aceptaba que vivía en medio de la nada y que pasaría el resto de mi vida –y de mi muerte– en el pueblo, como todos los demás.

En broma, decíamos que en mil años nada había cambiado en el pueblo y que nada cambiaría tampoco en otros mil. Por eso la aparición del aeroplano y el lanzamiento de la bomba me habían causado un impacto tan grande. Por primera vez en la vida, no sabía qué podía ocurrir.

Nadie lo sabía.

6

En mitad del pueblo, en la calle principal, ya cerca del puente, había un pedestal de cemento de un metro de altura y de unos tres metros de largo por tres de ancho. Encima había un surtidor de agua dotado de grandes ruedas a ambos lados de un caño de hierro oxidado. Al girar las ruedas, salía el agua fría. Que yo sepa, siempre había estado ahí.

Por la mañana y a primera hora de la tarde, las familias se congregaban ahí con baldes de madera para recoger el agua necesaria para el día. Esa era una de las cosas de las que yo me ocupaba en casa.

Por las tardes, las mujeres iban ahí a buscar agua para cocinar y a intercambiar noticias. Luego de cenar, los hombres se iban a la taberna del otro lado de la calle para sentarse en los bancos e intercambiar sus versiones de las noticias recibidas. La mayoría de las noches –sobre todo con el calor del verano–, mis seis amigos y yo nos reuníamos al lado del surtidor de agua.

En el pueblo había más niños, muchos, pero, para nosotros, el pedestal del surtidor era nuestro. Cuando estábamos ahí, nos asegurábamos de que nadie más lo ocupase.

A primera hora de la noche –y cuando hacía calor, también más tarde–, cuando el colegio, las tareas de la casa o el trabajo habían terminado, nos subíamos al pedestal, nos sentábamos y veíamos pasar a la gente, los carros, las carretas, los caballos y los burros. Nos reuníamos allí tan a menudo que la gente del pueblo lo llamaba «la Fuente de la Juventud».

Ahí sentados, nos contábamos chistes malos, decíamos tonterías, reíamos, pateábamos el suelo, les decíamos cosas a las chicas y nos golpeábamos unos a otros en los hombros sin ningún motivo en especial; pero sobre todo hablábamos: nuestras palabras revoloteaban de uno a otro todo el tiempo, como las cartas de un mazo al repartirlas.

Una tarde, tres días después de la caída de la bomba, nos sentamos en el surtidor tras asistir al funeral de Cyril. Las llamas le habían provocado quemaduras por todo el cuerpo. El padre Stanislaw le dijo a Ulryk que Cyril se había quedado sin cara.

Al oírlo se me revolvió el estómago.

Sabíamos que durante el funeral se esperaba que estuviéramos tristes, así que tratamos de actuar como correspondía, pero el servicio fue muy largo y al final ya no sabíamos qué hacer con nuestra pena. Hacía el calor propio de agosto, y las lágrimas y el dolor nos agobiaban como una manta gruesa.

Sentados en los bancos de la iglesia, estuvimos lanzándonos miradas furtivas, poniendo muecas, encogiendo la cabeza y rascándonos las piernas, hasta que alguien de la congregación dejó escapar un eructo y nos las vimos negras para no soltar la carcajada.

Después del funeral, la gente del pueblo se quedó delante de la iglesia, discutiendo sobre si el aeroplano volvería o no para lanzar otra bomba.

Ya en el surtidor, nadie dijo nada sobre Cyril. Aunque estábamos tristes y conmocionados, no sabíamos cómo hablar de él ni del maestro. Ni siquiera podíamos hablar del hecho de que el colegio fuera ahora una ruina carbonizada. Lo cierto es que no nos parecía mal habernos quedado sin escuela. Como ya he dicho, detestábamos al maestro, el señor Szujski. Lo único que podíamos hacer era preguntarnos por qué aquel aeroplano nos había tirado una bomba.

Y si volvería.

7

—Lo que no entiendo –dijo Makary– es por qué esta guerra ha venido hasta un pueblo donde no hay nada.

Makary era pequeño para su edad, pero era el que corría más de todos. Era un culo inquieto, no había forma de que se quedara sentado. Era rápido incluso para hablar.

–Porque somos importantes –dijo Jurek.

–¿Y por qué? –dijo Raclaw.

Siempre nos metíamos con Raclaw porque llevaba unas gafas de alambre torcidas que, según él, necesitaba para leer. Era el único de nosotros que leía. En su casa había montones de libros en polaco, ruso y alemán, lenguas en las que también sabía leer. Su padre era el abogado del pueblo y el presidente de la junta escolar; por eso a Raclaw nunca le daban con la vara.

Jurek –que era el que se llevaba más palos– se señaló el pecho y dijo:

–¿Que por qué el pueblo es importante? Porque yo vivo aquí y soy descendiente del rey Boleslao. Por eso tiraron todas esas bombas.

–Solo fue una bomba –dije yo.

Tenía derecho a puntualizar, porque, de todos nosotros, era el único que la había visto caer. Además, no podía quitarme de la cabeza el sonido del aeroplano: taca-taca-tac. Aquel sonido se me había quedado grabado. Y sabía por qué: porque temía que pudiera volver. Por supuesto, nadie sabía nada de mis temores. Entre nosotros teníamos una regla: jamás admitas que tienes miedo. De lo contrario, nadie habría podido superar los desafíos que continuamente nos lanzábamos los unos a los otros.

–Ese aeroplano venía de Alemania –dijo Jurek muy seguro.

–Pero mi padre –dijo Wojtex– dice que aquí mandan los rusos.

Wojtex era un niño gordo que se alimentaba a base de salchichas de cerdo y que se creía –y repetía– todo lo que su padre, el carnicero del pueblo, le decía. No tenía criterio propio. Y caminaba como un pato.

–¿Qué diferencia hay entre Rusia y Alemania? –preguntó Drugi.

Drugi era el más pequeño, un chiquillo delicado que siempre estaba preguntando cosas y tratando de entenderlo todo, sin conseguirlo nunca. Lo dejábamos venir con nosotros casi como si fuera un amuleto de la suerte y, aunque nos reíamos de él, no dejábamos que los demás niños lo molestasen.

Tras unos instantes de silencio durante los cuales nadie respondió a la pregunta, Drugi salió con otra:

–¿En qué país vivimos?

–Vivimos en Polonia –dijo Wojtex–. Eso es lo que dice mi padre.

Makary negó con la cabeza y dijo:

—Pero esto se llama Galitzia.

—El verdadero dueño de esto es Rusia —dije yo.

—El dueño soy yo —dijo Jurek.

—¿Cómo vas a ser tú dueño de un país? —dijo Drugi.

—Los rusos son los dueños —dijo Raclaw—. Lo he leído. Llevan aquí desde 1795.

—Y los rusos nos llaman Vístula —añadió Makary.

—Pues no tienen razón —dijo Raclaw, poniéndose bien las gafas—. Esto es Polonia. Pero, como ya he dicho, no somos un país libre.

—¿Eso qué significa? —dijo Drugi.

—Que Rusia manda en todo —dijo Raclaw.

—¿Por eso están aquí los soldados rusos? —dijo Drugi.

—Están aquí porque mi antepasado el rey Boleslao los invitó —dijo Jurek.

—Espero que algún día el rey Boleslao aparezca por aquí y te diga lo burro que eres —dije yo.

Nos echamos a reír, pero Jurek me lanzó una mirada torva.

Al cabo de un rato, Ulryk dijo:

—El padre Stanislaw dice que los rusos están aquí porque quieren que nos pasemos a su religión.

Seis meses antes, Ulryk nos había dicho que quería ser cura. Hacía de monaguillo y su devoción parecía ir a más cada día. Generalmente, cuando hablaba, era de algo relacionado con la religión.

—No, están aquí para enseñarnos a hablar en ruso —dijo Makary.

Todos nos echamos a reír. Aunque era cierto: la mayoría de los habitantes del pueblo hablaban ruso, además de polaco.

—Yo debería ser el rey de todo esto —dijo Jurek.

—Si lo fueras, yo mismo haría una revolución —dije yo.

Mi comentario despertó risitas burlonas.

—Yo lo único que quiero saber es si vamos a tener más guerra.

—Por fuerza —dijo Jurek—. Cuando empieza una guerra, no se para así como así. Hay que seguir matando. En eso consiste la guerra.

—¿Y todo esto tiene algo que ver con nosotros? —preguntó Drugi con aire preocupado.

—Matar va en contra de la religión —dijo Ulryk.

—Yo, si alguien me cayera mal, lo mataría —dijo Jurek jactancioso.

—A Szujski lo odiabas y nunca hiciste nada —dijo Makary.

—Es verdad. Tendría que haberle quitado la vara y haberlo matado a palos.

Al recordar la ira de Jurek en el bosque, pensé: «A lo mejor sí que sería capaz de matar a alguien».

—Matar va contra la ley —dijo Raclaw.

Seguidamente, Wojtex dijo:

—Mi padre me ha dicho que van a venir más soldados rusos. Cosacos, quizá.

—Me encantaría verlos —dijo Jurek.

—¿Por qué? —preguntó Drugi.

—Porque son los mejores guerreros del mundo —respondió Jurek.

—¿Y con quién van a luchar los rusos? —preguntó Drugi.

—Con los alemanes —dijo Wojtex.

—Pero si aquí no hay alemanes —dijo Ulryk.

—Ya vendrán —dijo Raclaw—. Me lo ha dicho mi padre.

Hubo un momento de silencio. Después, Drugi preguntó:

–¿Y cuál es el motivo de esta guerra?

Permanecimos en silencio. Ninguno de nosotros conocía la respuesta.

8

—La bomba que cayó sobre el colegio iba dirigida contra la iglesia —dijo Ulryk.

Wojtex asintió.

—Mi padre dice que el piloto del aeroplano se confundió de edificio.

—¿Cómo pudo confundirse? —preguntó Drugi.

—Preguntas demasiadas tonterías —gritó Jurek, y le pegó un golpe en el hombro que lo derribó del pedestal del surtidor. Drugi, que estaba acostumbrado a que lo tratasen así, en lugar de decir nada se limitó a sonreír y a subirse de nuevo.

—Se confundió porque los dos tienen campanario —dijo Makary.

—Bombardear una iglesia es un pecado espantoso —dijo
Ulryk.

—Para ti todo es pecado —dijo Jurek.

—Las reglas las pone Dios, no yo.

—Las reglas las ponen los reyes —dijo Jurek señalándose el pecho con el pulgar.

—¿Y no es pecado bombardear lo que sea? —preguntó Drugi.

—La madre de Cyril se ha vuelto loca desde que le han matado al único hijo que tenía —dijo Makary.

—El padre Stanislaw dice que cuando llega la guerra las mujeres lloran —dijo Ulryk.

Al recordar que yo también había llorado al ver a Cyril en llamas, agaché la vista.

Jurek se bajó del pedestal de un salto.

—Me voy a casa. A mí la única que puede matarme es mi hermana y todavía tengo que llevar la ropa limpia.

—¿Adónde?

—Al cuartel de los rusos.

—¡Que no se te escape nada en alemán! —gritó Raclaw.

—Ese problema lo tienes tú, no yo —replicó Jurek. Se alejó un par de pasos, pero entonces se volvió y me miró—. Tengo que hablar contigo —dijo.

Sorprendido, a la par que intrigado, me levanté.

—Nos vemos, chicos.

—Hasta luego.

—¡Bonito funeral! —dijo Jurek.

—¡Bromear con la muerte es pecado! —gritó Ulryk.

Jurek levantó la mano y chasqueó los dedos.

—¡Esto es lo que a mí me importa la muerte! —replicó.

Todos se echaron a reír. Pero yo me preguntaba de qué querría hablar Jurek conmigo.

9

Mientras Jurek y yo caminábamos calle abajo, yo no dejaba de mirarlo, a la espera de que dijera algo. Él, sin embargo, no hacía otra cosa que mirar por encima del hombro para asegurarse de que estuviéramos solos. No fue hasta pasado un rato que se detuvo, se hurgó en el bolsillo y sacó la mano apretada en un puño.

–¿Quieres ver algo extraordinario? –dijo.

–¿Qué es?

–A ti te gustan los botones, ¿verdad?

–¿Qué quieres decir con eso?

–El otro día, el día que fuimos a las ruinas... Abre la mano.

Sorprendido que de que hubiera sacado aquel episodio a colación, hice lo que me decía. Jurek alargó el puño, pero seguía sin abrirlo.

–Eres el único al que le he enseñado esto.

–De acuerdo.

–No se lo puedes decir a nadie.

–No diré nada.

–Me metería en problemas.

–¡Anda, enséñamelo ya!

Dejó caer un botón en la palma de mi mano.

–¿Es el mismo botón que encontré en el bosque? –pregunté observándolo.

Jurek negó con la cabeza.

–Mejor. Mira bien.

Me acerqué el botón a los ojos. Al hacerlo, noté que tenía un dibujo impreso: un pájaro de dos cabezas con las alas extendidas. Debajo de las alas, había un par de garras. Una de ellas sujetaba una especie de bastón, o quizá una espada. Difícil decirlo. La otra sujetaba una bola con una cruz encima. Sobre el pecho del pájaro había algo tan pequeño que no pude saber qué era. No tenía nada que ver con aquel botón liso que había encontrado en el bosque.

–¿Qué clase de pájaro tiene dos cabezas?

–Es un pájaro ruso.

–Ningún pájaro tiene dos cabezas.

–Es de un uniforme ruso –dijo Jurek–. Mucho mejor que el botón que encontramos.

Pasando por alto ese uso del plural, dije:

–¿Llegaste a verlo?

Jurek se limitó a responder:

–Esto de aquí es un caballero matando a un dragón.

–Me tomas el pelo.

–Fíjate en la parte central –dijo tendiéndome una lupa–. Con esto.

–¿De dónde la has sacado?

–Del señor Nowak.

–¿Te la ha prestado?

Jurek no dijo nada, solo sonrió.

–Se la has robado.

–Pensaba devolvérsela.

Observé el botón con la lupa y vi un dragón minúsculo. Al momento deseé tener un botón como ese.

–¿Dónde lo has encontrado? –dije.

–Estaba mirando los uniformes que mi hermana tenía que lavar. No pensaba hacer nada, pero de repente mi hermana me dijo: «Como toques esos botones, te ganas una paliza». Tú ya me conoces. Dime que no puedo hacer algo y lo haré. Anoche puso los uniformes a secar en el tendedero de detrás de casa –dijo riéndose–. Y yo arranqué un botón.

–¿Solo porque te dijo que no lo hicieras?

Jurek asintió.

–Tuve que hacerlo con cuidado. Mi hermana me odia.

Lo dijo como si se sintiera orgulloso de ello.

–Eres un ladrón –dije yo sin poder apartar los ojos del botón. Era fascinante.

–Soy el único que tiene uno de estos –dijo Jurek–. Pero a ti también te gustaría tener uno, ¿verdad?

Sabía perfectamente lo que estaba haciendo: me estaba desafiando. Pasados unos instantes, dije:

–¿Podría quedarme uno?

–Tendrás que conseguirlo como hice yo, en secreto.

–Claro.

–Y de noche –dijo.

–¿Qué tal esta noche mismo? –dije yo.

–No puedes hacerlo sin mí.

–Está bien.

–Y no puedes decírselo a nadie. Podría haber problemas.

–¿Con tu hermana?

–Con los rusos.

–No soy idiota.

–Consigue un cuchillo afilado. Iremos detrás de mi casa, donde mi hermana cuelga los uniformes. Reúnete conmigo en el puente cuando haya anochecido.

Le devolví el botón y dije:

–Ahí estaré.

Jurek cerró el puño sobre el botón y lo levantó frente a mi cara.

–Admítelo: mi botón es mucho mejor que aquel otro.

–¿Por qué lo tuyo siempre tiene que ser mejor?

–Me da satisfacción.

–¿Tan resentido estás?

–Si fueras un rey y nadie se diera cuenta, también tú estarías resentido.

–¿De verdad te crees todo ese rollo del rey Boleslao? –pregunté mirándolo.

–Es la verdad –dijo él.

Como no me apetecía discutir, decidí marcharme.

–No lo olvides –dije Jurek a mi espalda–: ¡yo encontré este primero! Eso quiere decir que soy el jefe.

¿De verdad quería yo un botón ruso? No. Aunque, pensándolo bien, sí. Jurek planteaba los desafíos de tal modo que, si no los aceptabas, él se regodeaba en su soberbia. Me daban ganas de demostrarle que podía ser tan bueno como él. A ver si así cerraba la boca de una vez.

41

10

Esperé hasta la noche. Cuando estuve listo para salir, fui a ver a mi padre. Estaba en el dormitorio leyendo un periódico arrugado bajo la luz amarillenta de una pequeña lámpara. Me pregunté de dónde habría sacado el periódico. No era fácil conseguirlos.

–Tengo que ir a ver a Jurek –dije–. Es importante. ¿Puedo?

Él no levantaba la vista.

Esperé.

Mi padre estaba encorvado por culpa de los años y el trabajo, y tenía el pelo fino y blanco. Sus grandes manos tenían los dedos retorcidos, los nudillos grandes, las venas azules y las uñas amarillas. La cara y el cuello estaban llenos de arrugas, y ese día, como de costumbre, no se había afeitado, porque eso lo dejaba para la misa de los domingos.

–¿Qué haces leyendo? –pregunté, porque era algo que no hacía a menudo; decía que se reservaba los ojos para el trabajo.

–Estoy tratando de entender esta guerra –dijo.

–¿Va a haber más?

Sacudió el periódico con ambas manos, como si de dentro tuviera que caer una respuesta.

–Es lo que estoy intentando averiguar.

–Si hay guerra, ¿cambiarán las cosas?

–Es probable.

–¿Qué pasaría?

Mi padre me miró.

–Los rusos salen de la taberna borrachos y le pegan a alguien. Sin motivo. Si alguien se queja, el juez, el señor Stawska, dice: «Los soldados son así». Lo que pasa es que los alemanes no serían más amables que los rusos. Ya sabes lo que mi padre decía siempre.

Como lo había oído un millón de veces, lo repetí:

–«El mundo de fuera no se molesta en agacharse para hablar con el mundo de dentro. Tienes que escuchar por tu cuenta».

–Sigue siendo verdad –dijo mi padre volviendo a su periódico.

–¿Puedo preguntarte otra cosa?

–Claro.

–Uno de mis amigos siempre quiere que hagamos cosas que no siempre están bien.

–¿Jurek?

Asentí.

–Quiere ser el jefe.

–Tú eres el más grande de tu grupo de amigos, ¿no?

–Supongo.

–Y eres fuerte.

–Pues... quisiera serlo.

–No basta con quererlo.

–¿Por qué?

Mi padre clavó en mí sus penetrantes ojos azules.

–¿Por qué crees que Dios te hizo fuerte?

Yo me encogí de hombros.

–Para ayudar a los más débiles –dijo él, y continuó leyendo.

Permanecí un momento observándolo. A veces, cuando le preguntaba algo a mi padre, me quedaba como cuando me planteaban un desafío: sin saber cómo reaccionar.

Al ver que no decía nada más, me fui a la cocina. Mi madre estaba en la mesa, cosiendo a la luz de una vela. Era una mujer menuda y delgada, y siempre estaba quejándose del frío, incluso en verano. Un pañuelo rojo le cubría el cabello lacio. El vestido largo de color verde tenía un aspecto informe. Cuando alzó la vista, detecté una mirada de preocupación en su cara surcada de arrugas.

–¿Adónde vas? –me preguntó.

–Al puente. He quedado con Jurek.

–No me gusta ese niño –dijo frunciendo los labios.

–Es buen chico.

–No vuelvas tarde.

–De acuerdo.

–Dejaré una vela encendida. Soy incapaz de dormirme hasta que te oigo llegar.

–Ya lo sé.

Entré en el taller de mi padre, donde había toda clase de cosas y herramientas. Fue fácil encontrar un cuchillo pequeño y afilado.

Usando la puerta trasera, salí a la calle, donde todo era penumbra, calor y humedad. Podía oler los campos, oír el zumbido de los insectos y ver el cielo tachonado de estrellas junto a la luna creciente, clara y bien definida. De pronto, oí el ulular de una lechuza. Una vez, dos veces. Cuando las lechuzas ululan tres veces, es un mal augurio, así que esperé. Al ver que no ululaba más, me fui.

11

En la calle principal no había más luz que la que llegaba desde el interior de las casas, que no era mucha. Algunos de los edificios eran grandes, de ladrillo, y estaban pintados de blanco. Parecían grandes caras silenciosas. La mayoría de los habitantes del pueblo se acostaban temprano, pero aun así me crucé con unos cuantos vecinos que volvían a sus casas: el señor Jankowski, el barrendero; el señor Mazur, que tenía un tenderete de verdura, y el señor Baran, el de la tienda de telas. Todos movieron la cabeza y murmuraron un saludo, pero aparte de eso no nos dijimos nada.

Cuando llegué al puente, me asomé por encima de la barandilla y miré al Río. Se veía negro, aunque aquí y allá se apreciaba un resplandor, como si en sus aguas hubieran caído unos trocitos de luna. El Río, además, emitía un borboteo parecido al gorjear de un pájaro en las profundidades del bosque.

Alcé la vista para contemplar las estrellas. A veces, por la noche, había más luz en el cielo que en el pueblo. El padre Stanislaw decía que aquellos puntitos de luz eran ángeles. Cuando yo era más pequeño, pensaba que había más ángeles en el cielo que gente en el pueblo. Había intentado imaginar cómo sería un pueblo de ángeles, pero no lo conseguía.

Sin embargo, esa noche, al mirar el cielo, pensé en el aeroplano. Al instante, el taca-taca-tac volvió a meterse en mi cabeza. Su sonido me recordaba la explosión del colegio. El estallido de luz. Las llamas. Los niños corriendo. Cyril quemándose.

De pronto, me recorrió un escalofrío. Cuando uno siente frío pese al calor del verano significa que el Ángel de la Muerte anda cerca.

Mil preguntas bullían en mi cabeza: ¿por qué aquel aeroplano había ido a nuestro pueblo? ¿Podía volar de noche? ¿Volvería para soltar otra bomba? ¿Dónde? ¿Les importábamos a los alemanes? ¿Qué había ocurrido? ¿Iban a llegar más rusos? ¿De verdad iba a llegar la guerra al pueblo?

Me estaba diciendo ya «Vete a casa» cuando oí el sonido de unas pisadas. Me di la vuelta.

Era Jurek, que llevaba un farolillo en la mano. Yo deseaba con todas mis fuerzas que no hubiera venido.

–¿Preparado? –me preguntó.

Levanté el cuchillo, que relumbró a la luz del farol.

–Pues vamos –dijo.

–¿Adónde estamos yendo? –pregunté cuando me di cuenta de que no parecíamos dirigirnos a su casa.

–A mi casa. Daremos un rodeo. No quiero que mi hermana nos vea.

–¿Todavía están ahí los uniformes de los rusos?

–Sí, pero otros.

–¿Qué pasará si los rusos ven que les faltan botones? –dije.

–La gente pierde botones a cada momento.

–Mi madre tiene una cajita llena –dije.

–Tenerlos en una caja es una tontería. Esto es mejor.

–Al salir de casa, he oído cantar a una lechuza.

−¿Cuántas veces?

−Dos.

−Entonces no pasa nada. Además, tiene más gracia si da un poco de miedo.

−Antes has dicho que, si nos pillaban, podía haber problemas.

−Quería ver si te asustas fácilmente.

−Yo no me asusto −dije casi por obligación.

−Ya lo veremos.

Seguimos caminando por sinuosos callejones, donde no se oía otro sonido que el crujir de nuestras pisadas en el suelo.

13

Llegamos a la trasera de la casa de Jurek, que no era más que una cabaña. Había una ventana con los postigos cerrados, a través de los cuales se filtraba un hilillo de luz. Parecían grietas en mitad de la noche. Vislumbré una cuerda extendida entre dos árboles. De ella colgaban siete camisas del ejército ruso. Guerreras, las llamaban. Como había visto a los soldados vestidos con ellas en el pueblo, sabía que eran de color pardo verdoso.

–Son de algodón –susurró Jurek–. Para el verano.

–¿Importa eso?

–Los botones son más fáciles de cortar. Mi hermana dice que la lana es más resistente. –Apagó el farol de un soplido–. Vamos.

Nos acercamos a los uniformes. Como estaban tendidos entre nosotros y la casa, nadie podía vernos.

–¿Cuáles tienen los botones con el dragón? –pregunté.

–Ni idea. Tú elige una. Y date prisa.

Jurek apartó una de las guerreras; al tocarla, noté que era suave y ligera. Palpé en busca de los botones, pero no encontré ninguno.

–¿Dónde están?

–Aquí, tontaina –dijo Jurek alargando la mano.

Al ver la ringlera de botones brillantes, agarré el que estaba más cerca y lo hice sobresalir de la guerrera. Luego corté con el cuchillo, hasta que el botón cayó en mi mano.

–Lo tengo.

–Vámonos –dijo Jurek y echó a correr. Yo lo seguí mientras aferraba el botón en el interior de la mano.

No nos detuvimos hasta llegar al puente. Una vez ahí, nos apoyamos sobre la barandilla para recobrar el aliento.

–Veamos qué has encontrado –dijo Jurek.

Con cuidado, abrí el puño. No había mucha luz, pero, cuando me acerqué el botón a los ojos, enseguida me di cuenta de que era distinto del de Jurek: de estaño, quizá, y sin ningún pájaro de dos cabezas con su espada y su bola. Tampoco tenía ningún dragón en el centro. Un botón normal y corriente.

–No tiene nada –dije, decepcionado.

Jurek cogió el botón y lo examinó.

–Es verdad. El mío es mejor –dijo sonriendo ufano.

«Me ha engañado para que cortase un botón cualquiera», pensé.

Pero antes de que pudiera decir nada, una voz preguntó:

–¿Demasiado calor para dormir?

14

Era Raclaw. Llevaba un farol cuya luz hacía que le brillasen las gafas. De repente, quise recuperar mi botón, pero no quería que Raclaw supiera lo que habíamos hecho. Ni que Jurek tenía un botón mucho mejor que el mío.

—¿Qué hacéis aquí? ¿Qué estabais mirando? —dijo Raclaw.

—Tú no ves nada ni con las gafas —dijo Jurek.

—Muérete. ¿Qué era?

—Un botón —dijo Jurek.

—¿Un qué?

—Un botón, te he dicho.

—¿Qué clase de botón?

—De un uniforme ruso —explicó Jurek.

—¿Qué tiene de particular un botón ruso? —dijo Raclaw.

—Nada —dije yo.

—Algo tendrá. Dejadme ver.

Jurek se metió la mano en el bolsillo, sacó su botón y se lo tendió a Raclaw, que se puso bien las gafas y empezó a examinarlo con la ayuda del farol.

–¿Lo ves? –dijo Jurek–. Es un pájaro con dos cabezas.

–Los pájaros no tienen dos cabezas.

–Este sí. Y también hay un dragón.

–¿Dónde?

Jurek volvió a meterse la mano en el bolsillo y sacó la lupa.

Raclaw se quedó mirando a Jurek unos instantes y luego cogió la lupa.

–¿De verdad es de un uniforme ruso? –preguntó levantando la vista.

–Ya te lo he dicho –dijo Jurek.

Al cabo de un instante, Raclaw dijo:

–¿Dónde lo has encontrado?

–Trae aquí –dijo Jurek–. Es mío.

–¿Tú también tienes uno? –preguntó Raclaw mirando hacia mí.

–Más o menos –dije.

–¿Es tan chulo como el de Jurek? –preguntó Raclaw.

Jurek sonrió y me lanzó una mirada.

–Trae –dijo dirigiéndose a Raclaw.

Raclaw le devolvió el botón.

Los tres nos quedamos mirando el Río.

–Tu hermana lava los uniformes de los rusos –dijo Raclaw dirigiéndose a Jurek–. Y tú siempre estás robando cosas.

–¿Y?

–Pues que seguro que es así como has conseguido el botón. Lo has robado de la colada.

–Hace falta valor para hacerlo.

–Podrías meterte en un buen lío.

–Solo si se lo dices a alguien –dijo Jurek–. ¿Piensas chivarte?

–Si me ayudas a conseguir uno, no diré nada –dijo Raclaw.

Jurek negó con la cabeza.

–Hagamos un trato: tú me ayudas a conseguir un botón de estos con el dragón y yo te cuento un supersecreto.

–¿Qué secreto? –dijo Jurek.

–No te lo diré hasta que tenga mi botón –dijo Raclaw.

–¿De dónde has sacado tu secreto? –pregunté yo.

–Mi padre habla con gente importante.

Era verdad. Como era abogado, el padre de Raclaw era una de las personas más prominentes del pueblo.

–Primero oigamos el secreto, luego te ayudamos a conseguir el botón –dijo Jurek.

–Júralo –dijo Raclaw.

Jurek se hizo el signo de la cruz sobre el pecho y dijo:

–Lo juro.

–Cuando uno no cumple un juramento –dijo Raclaw–, o va a juicio o va al infierno.

–¡Anda, cuenta!

–Está bien –dijo Raclaw–. Los rusos se marchan mañana.

15

—¿Que se van? ¿Mañana? –exclamé–. ¿Por qué?
–Porque vienen los alemanes.
–¿Aquí? –dije.
–Eso acabo de decir, ¿no?
–¿Y los rusos van a combatir con ellos? –pregunté.
–Eso es lo que mi padre le ha preguntado a Dmítrov, el comandante de los rusos. Son buenos amigos. ¿Y sabéis lo que le ha dicho Dmítrov? Que aquí no hay nada que valga la pena defender, excepto el bosque.
–¿Qué tiene de especial el bosque? –dije yo.
–Que es mío –dijo Jurek.
–Sirve de escondite –dijo Raclaw–. Muy bien. Lo has jurado. Ahora muéstrame dónde puedo encontrar uno de esos botones.

Jurek vaciló un instante; luego se apartó de la barandilla del puente y los tres nos encaminamos a su casa. Por el camino, Jurek deslizó mi anodino botón en mi mano. Frustrado y molesto, me lo guardé en el bolsillo.

Raclaw empezó a decir que, cuando llegaran los alemanes, todo cambiaría.

—¿En qué sentido? —preguntó Jurek.

—No lo sé. Pero cambiará. Mi padre dice que las leyes alemanas y las leyes rusas son diferentes.

—¿Por ejemplo? —pregunté.

—Me juego lo que quieras a que tendremos que aprender alemán. Mi padre sabe hablarlo.

Continuó explicando cosas, pero dejé de escucharlo. Estaba concentrado pensando qué sabía yo acerca de los alemanes. Nada de nada. Salvo que tenían aeroplanos. En cuanto pensé eso, el taca-taca-tac regresó a mi cabeza. Sentí tal escalofrío que tuve que apretar los puños para no seguir temblando.

—No hagáis ruido —dijo Jurek cuando nos acercamos a la trasera de su casa.

Continuamos avanzando sigilosamente.

—Ahí están —susurró Jurek.

Los uniformes rusos seguían tendidos en la cuerda. Raclaw levantó su farol y se acercó.

—Yo no veo ningún botón.

—¡Chist!

Jurek le enseñó dónde estaban los botones, bajo un pliegue de la guerrera.

—¿Y cómo los saco?

—Tantos libros y tan burro —dijo Jurek.

Le tendí mi cuchillo a Raclaw. Este cortó un botón, me devolvió el cuchillo, levantó el farol y examinó el botón.

—Tiene un dragón —dijo con una gran sonrisa estampada en la cara.

Yo ya estaba a punto de dar un paso al frente y cortar otro botón cuando los postigos de la casa de Jurek se abrieron de golpe.

–¿Quién anda ahí? –dijo una voz. La hermana de Jurek.

–¡Corred! –dijo Jurek entre dientes.

16

Corrimos de regreso al puente. Una vez ahí, abrimos las manos y las pusimos juntas. Raclaw acercó el farol y comparamos los tres botones.

—El mío es el mejor —dijo Jurek sosteniendo su botón delante de la cara de Raclaw, como si quisiera provocarlo.

Yo sabía que el mío era el peor, así que no dije nada.

—¿Tu hermana también les lavará los uniformes a los alemanes? —le preguntó Raclaw a Jurek.

—No lo sé.

Como yo ya no quería saber nada más de todo aquel asunto de los botones, decidí marcharme.

—Tengo que irme a casa. Nos vemos —dije.

—Buenas noches.

—Igualmente.

Me giré y vi que Jurek se iba por un lado y Raclaw por otro. Me sentía molesto. «Déjalo correr —me dije—. Los botones no tienen ninguna importancia».

Me puse a pensar en lo que había dicho Raclaw de que los rusos iban a marcharse ante la llegada de los alemanes. «¿Cuántos alemanes? ¿Tienen los rusos miedo a luchar? ¿Qué va a pasar?». Entonces se me ocurrió algo que me animó: «Si los alemanes se instalan aquí, no volverán a bombardearnos, porque nunca bombardearían a sus propios soldados. Estaremos a salvo».

Luego pensé en la pregunta que había hecho Raclaw: «¿Tu hermana también les lavará los uniformes a los alemanes?».

Acto seguido, me di cuenta de una cosa: si los rusos iban a marcharse y yo quería uno de esos botones con el dragón, tenía que conseguirlo enseguida.

Me detuve en mitad de la calle, di media vuelta y me aseguré de que no hubiera nadie. «Es mi última oportunidad para conseguir un botón con el dragón –me dije–. ¿Debería o no debería? ¿Eres fuerte o eres un debilucho?». Lo siguiente que me vino a la cabeza fue lo que había dicho Jurek: «Quería ver si te asustas fácilmente».

La lechuza volvió a ulular. Dos veces. Esperé. Silencio.

–Acepto el desafío –me dije en voz alta y a continuación me giré, agarré el cuchillo y me encaminé de nuevo a la casa de Jurek.

17

No tenía ni farolillo ni velas, y como era tan tarde casi no había luces en las casas. Además, el cielo se había encapotado, con lo que las estrellas habían desaparecido y la oscuridad era absoluta.

Me acordé de cuando el padre Stanislaw decía que aquellos puntitos de luz eran ángeles, lo cual me hizo pensar: ¿y si no solo se iban los rusos? ¿Y si los ángeles también se iban? Y si se iban, ¿se llevarían algo consigo? ¿Adónde irían? Ojalá se quedasen.

Entonces recordé algo que decía mi padre: «Si observas la oscuridad el tiempo suficiente, terminas viendo luz».

Funcionó.

No tardé mucho en llegar nuevamente a la casa de Jurek. Dentro no se veía ninguna luz. Me agradaba la idea de que Jurek estuviera en su casa sin saber que yo estaba fuera.

Los uniformes oscuros tendidos en la cuerda me hicieron pensar en las almas de los hombres: colgadas, a la espera.

La comparación me provocó un escalofrío, el tercero del día. No me gustaba hacer las cosas solo y deseé que alguno de mis amigos estuviera conmigo. Pensando en lo que había dicho Jurek, aquello de que tiene más gracia si da un poco de miedo, me hice el signo de la cruz sobre el corazón.

Daba lo mismo: aquella oscuridad, más profunda que el silencio, seguía asustándome, y por un momento consideré la posibilidad de irme a casa. Sin embargo, quería aquel botón más que nunca y lo tenía ahí a mi alcance. Si no conseguía hacerme con uno, Jurek seguiría con el rollo ese del «rey».

–San Adalberto –susurré–, dame fuerzas. Que esta vez sea la buena.

Cuchillo en mano, di un paso al frente, palpé a mi alrededor, encontré una guerrera, busqué los botones, toqué uno y lo corté. Lo aferré y salí corriendo a toda velocidad hacia mi casa.

18

Entré sigilosamente en casa. Pese al calor, mis padres estaban durmiendo bajo el edredón en la habitación delantera. Mi madre roncaba. Mi padre tenía puesto el gorro de dormir. En la cocina, había una vela encendida sobre la mesa. Me senté, saqué mi nuevo botón y lo examiné por vez primera. Era de color dorado brillante y a simple vista podía distinguirse un águila de dos cabezas. En cuanto al dragón, al acercarme más, pude verlo claramente. Ni siquiera me hizo falta la lupa del señor Nowak.

Estaba eufórico. Había sido fuerte y había conseguido el mejor de los botones.

Volví a guardar el cuchillo en el taller de mi padre, apagué la vela y subí por la escalera hasta mi estante de dormir. Una vez ahí, guardé el botón en mi cajita. No veía la hora de enseñárselo a Jurek.

–Gracias, san Adalberto. Prometo ser fuerte.

Orgulloso de mí mismo, me dormí enseguida.

En mitad de la noche, sin embargo, el sonido del aeroplano –taca-taca-tac– se me metió de nuevo en la cabeza. Di un respingo y me levanté temblando, me senté y escuché. Al no oír nada, caí en la cuenta de que solo había sido un sueño. A los pocos instantes, el sonido, el taca-taca-tac del aeroplano, volvió a mi cabeza. «¿Será de verdad? –me pregunté–. No, solo es mi imaginación».

Revolví en la cajita y saqué el botón. Era de verdad. No iba a cambiar. Era el mejor. Lo apreté con fuerza, volví a acostarme y traté de dormirme..., pero entonces oí ulular a la lechuza. Tres veces.

Me quede ahí tendido, con los ojos como platos, asustado, sudando, seguro de que algo malo iba a ocurrir. Al cabo de un rato, me sumí en un sueño agitado. Me aferré al botón como si la vida me fuera en ello.

19

Cuando me desperté por la mañana, volvía a hacer calor y humedad, y el aire era tan pesado que me daban ganas de quedarme acostado en mi estante sin moverme. Todavía tenía el botón apretado en la mano sudorosa y no me apetecía nada ir al taller de mi padre a empezar la jornada. No quería decírselo a nadie, pero echaba de menos el colegio.

Saqué la cajita, la abrí, guardé el botón y cerré la tapa.

–¡Eh!

Jurek estaba ahí, mirándome con una gran sonrisa en la cara. Se había metido a hurtadillas en la cocina y se había puesto junto a la escalera para asustarme. No sé si llegué a asustarme, pero sí me llevé un sobresalto.

–Oye –dijo–, ¿qué hay en esa caja?

–Nada que te importe.

–¿Algún tesoro? ¿Es ahí donde guardas tu ridículo botón?

–¿Qué haces entrando aquí de esta manera?

—¡Los rusos se van! Creía que te gustaría saberlo –dijo dando un brinco y saliendo de la casa.

Cogí el botón bueno, me lo guardé en el bolsillo, salí de la cama y me vestí. Luego asomé la cabeza al taller de mi padre y grité: «¡Los rusos se van!», y me fui corriendo. Mi padre y mi madre salieron de casa detrás de mí. A medida que el rumor se difundía por el pueblo, casi todos los vecinos hicieron lo mismo.

Cuando llegué a la calle principal, parecía que el pueblo entero se hubiera congregado ahí. La gente formaba corrillos; hombres, mujeres y niños hablaban entre sí, aunque susurrando, como temerosos de alzar demasiado la voz.

Me reuní con mis seis amigos en el pedestal del surtidor. Jurek se había colocado arriba del todo, encima de una de las ruedas. Escruté el cielo al oeste, en busca del aeroplano. Al no ver más que el cielo azul y despejado, bajé la vista a la calle.

—¿Alguien ha visto a los rusos? –pregunté.

—Van a marchar por en medio del pueblo –dijo Raclaw.

—¿Adónde se van? –preguntó Drugi.

—A su casa, memo –dijo Jurek.

Yo no tenía la menor idea de dónde estaba la casa de los rusos, pero no lo habría admitido por nada del mundo. En lugar de ello, esperé a que Drugi preguntara lo que sabía que iba a preguntar. Y, efectivamente, dijo:

—¿Y dónde está su casa?

—En Moscú, seguramente –dijo Makary.

—Eso lo sabe todo el mundo –dijo Jurek.

Tras unos largos y calurosos minutos de espera, oí que desde el extremo oeste del pueblo llegaba el sonido de un tambor.

–¡Ahí vienen! –gritó Jurek desde su atalaya.

Nosotros nos quedamos en el surtidor, pero el resto de la gente se echó corriendo hacia un lado u otro de la calle. Yo me llevé la mano al bolsillo, apreté mi botón y me dije que había sido muy astuto al hacerme con uno tan extraordinario. Sabía que era mejor que el de Jurek y no veía la hora de enseñárselo.

20

El primero de los rusos en aparecer fue el comandante Dmítrov. Yo nunca había visto a un aristócrata, pero Dmítrov era tal y como yo me los había imaginado: un hombre corpulento, de espaldas anchas, cara orgullosa e inexpresiva, y con un bigote feroz y tieso de color óxido. Lo mejor era la cicatriz que tenía en la mejilla izquierda; estábamos seguros de que se la había hecho durante un duelo, y el asunto era objeto de interminables discusiones. Fue Jurek quien un día tuvo el valor de preguntárselo. «Me caí de un caballo», respondió el comandante.

La decepción fue mayúscula.

Dmítrov iba montado en su gran caballo castaño, avanzando por en medio de la calle como si estuviera en un desfile. Estaba sentado en su silla de cuero negro, con los pies en los estribos, los talones hacia dentro y la mirada fija al frente. Un hilillo de sudor le resbalaba junto a la mandíbula.

Llevaba puesto el uniforme habitual, una chaqueta corta marrón claro con unas charreteras con tres franjas y el número nueve bordado encima. En la parte delantera de la chaqueta se veía una hilera de botones brillantes. Seguramente los había tenido siempre, pero hasta entonces nunca me había fijado en ellos. De repente, el mundo estaba lleno de botones por todas partes.

Dmítrov llevaba en la cabeza una gorra marrón con una visera corta y rígida calada sobre los ojos. Las relucientes botas negras le llegaban casi a la rodilla. En la espalda portaba un fusil, sostenido mediante una correa de cuero que le cruzaba el pecho. En la cadera izquierda llevaba una funda negra que contenía la pistola.

A pesar de que todos los habitantes del pueblo lo conocían, y él a ellos –llevaba ahí tres años–, el comandante no miraba ni a la derecha ni a la izquierda.

Me pregunté si se alegraba de irse. Si lo que decía la gente era cierto –que los alemanes estaban al llegar–, significaba que los rusos estaban retirándose. Si así era, ni el comandante ni su caballo dejaban entrever ninguna prisa. Todo en él transmitía calma. Ojalá pudiera haberle preguntado de qué iba todo aquello de la guerra. «A lo mejor debería hacerme soldado. Así también podría irme a alguna parte».

Justo detrás del comandante iba el sargento, también a caballo. En una mano, el joven portaba un palo en lo alto del cual ondeaba la bandera rusa. En esta, de color amarillo, podía verse la imagen de un pájaro con dos cabezas, cada una con una corona y otra encima de ambas. En el pecho del pájaro destacaba el emblema del caballero que alancea el dragón. Igual que en los botones.

Alargué la mano y le di un tirón a Jurek en el pie.

Jurek entendió y asintió con una sonrisa. Volví a pensar en lo sensacional que iba a ser enseñarle mi nuevo botón.

Los dos oficiales iban seguidos por una doble fila de unos veinte soldados, todos vestidos con su uniforme marrón claro, su gorra de plato y la guerrera ceñida con un cinturón del cual colgaba una cantimplora y una bolsa cerrada. Las guerreras de los soldados rusos tenían una hilera de botones en el pecho. Parecían de estaño, como el primer botón que yo había cortado. Las botas, de media altura, eran negras. A la espalda llevaban colgado un fusil con una larga bayoneta de aspecto afilado calada en la punta.

Las tropas marchaban en formación de a dos, y los fusiles con la bayoneta sugerían el daño que podían llegar a infligir. Sin embargo, como conocía a muchos de los soldados por su nombre, a mí no me parecían muy fieros.

Cuando los soldados llegaron al surtidor, las dos filas se dividieron, una por la izquierda y la otra por la derecha. Fue emocionante estar en medio.

Ya en el otro lado del surtidor, ambas filas volvían a juntarse y, sin aminorar el paso, seguían adelante.

Mientras los soldados iban pasando junto al surtidor, noté que uno de ellos tenía la guerrera medio abierta. Señalándolo, le susurré a Raclaw:

—¡Le falta un botón!

Raclaw, con una amplia sonrisa, hizo una mueca que pretendía ser graciosa.

La gente del pueblo observaba la partida de los rusos. Nadie dijo nada, aunque unos cuantos los despidieron con sus pañuelos. No hubo gritos de «¡Adiós!» ni «¡Buena suerte!».

A cambio, se oía el sonido del tambor y el batir de las botas sobre el suelo adoquinado. Pensé que hay sonidos que hacen que todo lo demás calle.

El último de los rusos era el tambor, que llevaba su instrumento colgado a la altura del vientre. En las manos sostenía unas baquetas con las que marcaba un ritmo constante y parejo al paso de las botas. Los soldados no eran los únicos que marchaban al son del tambor; también los caballos.

Cuando los soldados hubieron pasado, aparecieron cinco carros tirados por caballos. Los carros iban cargados de pertrechos militares, mantas, cajas y baúles.

No pasó mucho tiempo antes de que los rusos se perdieran de vista y el toque del tambor se desvaneciera. Pensé que pronto llegarían al bosque y seguirían marchando bajo los árboles. Allí haría más fresco.

En cuanto los rusos hubieron abandonado el pueblo, la gente se congregó en mitad de la calle para ver cómo desaparecían los últimos carros. Las voces se hicieron más audibles y urgentes. Todo el mundo estaba nervioso. Nadie hablaba de la partida de los rusos, sino de la llegada de los alemanes.

−¿Qué va a ser de nosotros? −oí que preguntaba alguien.

No hubo ninguna respuesta.

Los chicos del grupo nos quedamos ahí sentados, sin pronunciar palabra. Hasta que Makary dijo:

−A ver cuándo llegan los alemanes.

−Mi padre dice que pronto −respondió Raclaw.

21

Drugi repitió una pregunta que ya habíamos oído antes:

–¿Los alemanes serán malos con nosotros?

–Mi padre cree que no –dijo Raclaw.

–El mío dice que sí –dijo Wojtex–. Le caen bien los rusos.

–Mi padre los odia –dijo Raclaw.

–El padre Stanislaw siempre dice: «Más vale malo conocido que bueno por conocer» –comentó Ulryk.

–Tiene gracia –dijo Makary–. Los rusos llevaban aquí desde que nací. Creo que los voy a echar de menos. Y tu hermana también –añadió dirigiéndose a Jurek–. Como les lavaba los uniformes... ¿Creéis que volverán algún día?

–A mí me da lo mismo –dijo Jurek–. Además, tengo algo que es suyo.

Se metió la mano en el bolsillo, sacó su botón ruso y extendió la palma de la mano para mostrárnoslo.

Los chicos se apelotonaron para verlo.

–¿Qué es? –preguntó Drugi.

–Un botón de un uniforme ruso. ¿Ves? –dijo Jurek–. Es como la bandera. Tiene un dragón.

El botón fue pasando de mano en mano.

–¿Cómo lo has conseguido? –inquirió Ulryk.

–Lo tengo y ya –dijo Jurek lanzándome una fugaz mirada de suficiencia.

–De la colada de tu hermana –dijo Makary.

–Lo has robado –dijo Ulryk moviendo un dedo frente a la cara de Jurek, que se lo apartó de un manotazo.

–Pues yo tengo uno mejor –dijo Raclaw extendiendo la mano con su botón.

–¡A verlo!

Mientras los demás se iban pasando el botón, Jurek no parecía muy contento.

Yo esperé unos instantes y entonces saqué mi nuevo botón.

–Todo eso está muy bien, pero el mío es el mejor. ¡Mirad!

Se lo mostré.

El mío era el que más brillaba.

Jurek me miró atónito.

–¿Cuándo has conseguido eso?

Sonriendo, respondí:

–Anoche.

–¿Después?

–Sí.

Acababa de apuntarme un tanto a su costa y me sentía fenomenal.

–Perro traidor –dijo Jurek, y por un momento su rostro se llenó de ira, la misma ira que yo había presenciado en el bosque.

–Cuando vengan los alemanes, a lo mejor podemos quitarles algunos botones –dijo Makary.

–Serán mejores que los de los rusos –dijo Wojtex.

–¿Mejores por qué? –preguntó Drugi.

–Es lo que dice mi padre –dijo Raclaw encogiéndose de hombros.

Los botones continuaron pasando de mano en mano.

Yo mantenía los ojos clavados en Jurek, y él seguía mirándome, furioso. Satisfecho conmigo mismo, le sonreí.

De repente, gritó:

–¡Esperad! Tengo una gran idea. ¡Haremos una competición! Quien consiga el mejor botón gana. El ganador será el rey y todo el mundo tendrá que obedecerlo. Será el mejor desafío de todos los que hemos hecho. ¡A buscar botones!

–¿Qué botones? –dijo Drugi, confundido como de costumbre.

–Los botones de los soldados, idiota –le gritó Jurek exaltado–. Los alemanes están de camino, ¿no? Ya verás: sus uniformes tendrán botones.

–Claro –dijo Raclaw–. Para que no se les caigan los pantalones.

–Y serán mejores que los de los rusos –dijo Jurek.

–¿Los pantalones? –dijo Drugi.

Todos nos reímos.

–¡Los botones, tonto!

–¿Serán distintos? –preguntó Drugi.

–Pues claro –dijo Raclaw–. Son alemanes.

Jurek, cada vez más exaltado, dijo:

–¿Estamos todos de acuerdo? A ver quién encuentra el mejor botón.

Jurek me miró directamente al decir eso. Sus ojos se reían de mí.

–¿Y cómo decidiremos cuál es el mejor? –dijo Ulryk.

–Ya se verá –dijo Jurek.

–¿Y cómo los conseguimos? –preguntó Drugi con cara de preocupación.

–Ahí está la gracia –dijo Jurek–. Cada cual tiene que buscarse la vida. Otra condición –añadió–: no se pueden pedir. Hay que ganárselos.

–¿Quieres decir robarlos? –dijo Ulryk, que parecía preocupado.

–Allá cada cual.

–¿Por qué hay que robar? –preguntó Drugi.

–Así es más emocionante. Seremos los únicos en todo el pueblo que coleccionaremos botones. Y nadie más los verá nunca.

Yo, contrariado, a punto estaba de marcharme cuando empecé a oír un sonido tenue y constante: el taca-taca-tac.

Sobresaltado, alcé la vista, miré alrededor y en el cielo vi algo que llegaba desde el oeste.

–¡El aeroplano! –grité con todas mis fuerzas.

22

Toda la gente que estaba en la calle se quedó quieta y miró adonde yo estaba señalando.

–¡El aeroplano! –grité–. ¡Está volviendo!

Entre llantos y chillidos, todo el mundo echó a correr. De inmediato, la calle quedó desierta, a excepción de nosotros, que como no queríamos dar muestras de miedo nos quedamos mirando el aeroplano.

Conforme iba acercándose y aumentando de tamaño, lo único que se oía era el taca-taca-tac, cada vez más fuerte. Tenía tanto pánico que me daban ganas de correr, pero no lo hice.

–¿Va a... va a bombardearnos? –musitó Drugi.

El resto de los muchachos me miraron, como si yo tuviera la respuesta.

–No lo sé –balbucí.

Fue Jurek quien gritó:

–¡Al colegio! ¡No volverá a bombardear el colegio!

Saltó del surtidor y comenzó a correr por la calle principal. Los demás lo seguimos como pudimos.

Mientras corría, oía como el aeroplano se acercaba cada vez más.

Llegamos al colegio y nos metimos dentro, entre los maderos carbonizados, los bancos y los pupitres rotos y unos cuantos libros viejos cuyas páginas parecían de encaje negro. Al tocarlas, se hacían polvo.

Con las manos y los brazos manchados de hollín, nos agazapamos en el colegio sin techo y miramos al cielo, esperando.

–Pasa de largo, por favor... Pasa de largo –le susurré al aeroplano, como si rezara.

Ulryk, con los ojos cerrados y las manos juntas, estaba rezando de verdad.

El aeroplano pasó rugiendo por encima de nosotros. Al ver las cruces negras de la parte inferior de las alas, se me puso la carne de gallina.

Cuando hubo pasado, nos levantamos para ver adónde se dirigía. Volaba hacia el este, pasado el pueblo. Nos quedamos inmóviles, sin decir nada, tan solo esperando y escuchando. Al cabo de un rato, oímos una explosión.

–¡Han bombardeado a los rusos! –gritó Raclaw.

Salimos de un brinco de las ruinas del colegio y echamos a correr, no en sentido contrario de la explosión, sino hacia ella, impacientes por ver qué había sucedido.

Avanzamos en formación cerrada por la única carretera del pueblo, cruzamos el puente sobre el Río y seguimos adelante. Comenzamos a separarnos, con Makary, el más rápido de nosotros, tomando la delantera. Wojtex, congestionado y resoplante, iba de último con la cara cubierta de sudor, procurando no perder el paso. Yo iba en medio y también sudaba.

Salimos del pueblo por donde los pequeños sembrados de las granjas se extienden a lado y lado de la calzada. Debido al calor de agosto, el centeno estaba casi listo para ser cosechado. Las hojas de las coles y las patatas tenían un aspecto sano. Aquí y allá, se veía a algún que otro granjero. Estaban todos quietos, apoyados sobre los rastrillos y las guadañas, mirando hacia donde nos dirigíamos.

–¡Luego volved a decirnos qué ha pasado! –gritó uno de ellos.

Inspeccioné el cielo en busca de indicios, como el humo que había salido del colegio, pero no vi nada.

Agotados de correr con ese calor, aminoramos pero seguimos, ahora más distanciados. Wojtex había adelantado a Drugi, que no dejaba de gritar: «¡Esperadme! ¡Esperadme!».

A unos cien metros de donde comenzaba el bosque, Makary, que seguía yendo el primero, se detuvo y se quedó quieto. Tenía los brazos extendidos, como para mantener el equilibrio, y miraba hacia abajo.

Los demás, desfallecidos y empapados de sudor, le dimos alcance. Estaba de pie al borde de un hoyo enorme. La carretera llegaba hasta ahí y se perdía. Quince metros más adelante, al otro lado del socavón, la carretera volvía a aparecer. Habría sido posible rodear el hoyo a pie, pero los carros lo habrían tenido más difícil debido a los árboles que crecían cerca.

En el fondo del socavón había esparcidos trozos de madera, algunos más grandes, otros más pequeños. También había media rueda. Por todas partes se veían restos de tela de color pardo verdoso, como la de los uniformes rusos. Del suelo salían unos hilillos de humo que esparcían un olor rancio, tanto que tuve que taparme la nariz. Lo peor de todo era la cabeza medio sepultada del caballo muerto. Estaba desgarrada y llena de sangre, y de ella sobresalía un ojo de un repugnante color blanco azuloso.

Nos quedamos en el borde del hoyo totalmente estupefactos. La cabeza del caballo me revolvía el estómago.

Fue Makary quien dijo:

–Deben de haber tirado una bomba.

Una bomba que no solo había destrozado un carro ruso; también había matado al caballo.

Nadie dijo nada hasta que Drugi preguntó:

–¿Por qué lo han hecho?

–Para asegurarse de que los rusos no vuelvan –dijo Jurek.

–Y también para que la gente del pueblo no se vaya –dijo Raclaw.

–No parece que la bomba haya matado a nadie –dijo Ulryk–. No se ve sangre ni partes de cuerpos.

–Quizá los rusos hayan recogido los cadáveres –dijo Makary.

–Pero han dejado el caballo –dijo Wojtex.

–¿Los animales tienen alma? –pregunté yo.

Ulryk negó con la cabeza.

–Qué más da –dijo Raclaw–. Solo es un carro ruso.

–Cargado de ropa –dijo Makary–. Uniformes, seguramente.

–¡Botones! –gritó Jurek, y acto seguido se precipitó al interior del hoyo.

–¡Deja eso! –grité.

Pero daba igual lo que yo dijera: los demás siguieron a Jurek. Como me incomodaba tomar parte en aquel acto de rapiña, preferí quedarme arriba, solo. Los demás, en cambio, se pusieron a escarbar el suelo y a recoger pedazos de tela en busca de botones.

–¡Tengo uno! –gritó Makary–. ¡Un pájaro de dos cabezas!

Corrieron todos hacia él. Makary extendió la mano, en la que tenía un botón.

Poco después, Wojtex gritó:

–¡Yo también!

–Es igual que el mío –dijo Raclaw.

No pasó mucho tiempo hasta que cada uno tuvo al menos un botón con el pájaro. Hasta Drugi encontró uno. Luego salieron del hoyo y se juntaron para comparar sus botones. Todos eran iguales que el mío.

–¿Quién ha ganado? –dijo Drugi.

–Nadie –dijo Jurek–, porque todos son iguales. Habrá que esperar a los botones de los alemanes.

–¿Por qué? –preguntó Drugi.

–Porque serán mejores.

–¿Y cómo vamos a conseguirlos? –preguntó Drugi.

–Ya te lo he dicho, atontado. Esa es la gracia de la competición. Hay que usar la cabeza.

Nadie habló durante un rato, hasta que yo dije:

–Creo que esa idea es una chorrada.

–Lo dices porque vas a perder –dijo Jurek.

–Lo mejor es que le digamos al padre Stanislaw lo que ha ocurrido –dijo Ulryk.

–De acuerdo –dijo Jurek–. Pero ni una palabra de la competición por los botones.

–¿Por qué? –preguntó Drugi.

–Porque eso es asunto nuestro, ¿de acuerdo? –dijo Jurek–. El que gane será el rey de los botones y todo el mundo se inclinará ante el rey. ¡Pum! ¡Pum! –dijo pegándole a Drugi en el brazo, y luego miró hacia mí y añadió–: Aunque Patryk ya no juegue.

–Yo no he dicho eso.

–Sí lo has dicho –dijo Jurek.

Creyendo que era lo que debía hacer, murmuré:

–Yo también juego.

Hubo murmullos de asentimiento y después tomamos el camino de vuelta por la carretera, esta vez sin correr.

Drugi mantenía aferrado su botón. De vez en cuando lo miraba y sonreía, como quien guarda un secreto.

Mientras caminábamos, empecé a pensar en lo que había ocurrido. Habían estado escarbando en el socavón de una bomba en busca de botones. Aquello no era exactamente robar, pero me incomodaba; era como si mis amigos hubieran hecho algo malo. Y aquella espantosa cabeza de caballo. Miré al cielo. El aeroplano había desaparecido. Aunque estaba seguro de que tarde o temprano regresaría.

24

Jurek y yo caminábamos uno al lado del otro. Cuando nos hubimos separado un poco de los demás, Jurek susurró:

–Me alegro de que vengan los alemanes.

–¿Por qué?

Sacando sus botones rusos dijo:

–Porque voy a conseguir el mejor botón, te ganaré y seré el vencedor.

–Menuda chorrada –dije yo.

–Tú anoche volviste a por otro.

–¿Y qué?

–Nada. Ya me reiré cuando yo sea el rey. No veo la hora de ver cómo te inclinas ante mí. Me aseguraré de que seas el primero.

–Tú sí que serás el primero –repliqué–. Porque voy a ganar yo.

Pasamos junto a un grupo de campesinos.

–¿Qué ha pasado? –preguntó uno de ellos.

–Los alemanes han bombardeado la carretera –dijo Ra-claw–. Por ahí ya no se puede pasar.

Ya en el pueblo, hicimos la ronda para explicarles a los vecinos lo que habíamos visto. Todos se mostraron preocupados, aunque nadie sabía muy bien cómo tomárselo. Algunos decían que el bombardeo había sido un accidente. Otros, que la intención era que nadie saliera del pueblo. Lo que quería la mayoría era saber cuándo llegarían los alemanes. La gente se reunía en corrillos, hablando en voz alta o susurrando. No dejaban de repetir la palabra «alemanes».

25

Al cabo de un rato regresamos al pedestal del surtidor, nos sentamos en círculo y hablamos de todo lo que había ocurrido. No pasó mucho tiempo hasta que la charla decayó. Todo estaba dicho, así que nos quedamos ahí viendo cómo la gente iba de un lado para otro atendiendo a sus asuntos. Sabíamos que las cosas habían cambiado, pero todo parecía normal.

Fue Raclaw quien dijo:

–Se hace extraño esto de no ir al colegio.

Nadie comentó nada al respecto, hasta que Makary dijo:

–Deberíamos volver a las ruinas del colegio. Quizá podamos encontrar algo.

En cuanto hubo dicho esto, saltamos del pedestal y corrimos hacia el edificio, o lo que quedaba de él.

Antes –cuando nos habíamos escondido en la escuela para huir del aeroplano– nos habíamos metido directamente entre los cascotes. Esta vez nos quedamos delante, contemplando lo que había sido nuestro colegio. Lo único que se veía era un

confuso amasijo de cosas destrozadas y parcialmente sepul-
tadas bajo las paredes de madera astilladas y caídas. Incluso
había un trozo de tejado. Casi todo estaba quemado, aunque
aún podían reconocerse algunos objetos –la mayoría rotos–,
como pupitres y sillas. Se hacía difícil pensar que hubiéramos
pasado tanto tiempo ahí y que ahora todo fueran escombros.

Jurek –que siempre tenía que ser el primero para todo–
se metió dentro y sacó la mitad de un mapa con los bordes
chamuscados. Antes estaba clavado en la pared. Al instante,
todos nos pusimos a hurgar en busca de cosas.

Wojtex encontró el diccionario de ruso que el señor Szujski nos hacía consultar para ver cómo se escribían ciertas
palabras. Solo tenía la mitad de las páginas.

Drugi encontró un retrato hecho pedazos del zar ruso.

–¡Mirad lo que hay aquí! –gritó Ulryk sosteniendo la vara
del señor Szujski, la misma que este utilizaba para golpear-
nos cuando respondíamos mal a una pregunta. En medio de
todos aquellos escombros, había permanecido intacta.

Interrumpimos la búsqueda para observarla. Aquella
vara era un objeto que odiábamos y temíamos. A mí me recordaba al señor Szujski, que era muy malo. Solo que ahora
estaba muerto. Ver aquella vara en las manos de Ulryk resultaba perturbador.

De repente, Jurek exclamó:

–Este debería ser el premio para el rey de los botones: ¡la
vara!

–Es verdad –dijo Raclaw–. Como si fuera un cetro.

–¿Qué es un cetro? –preguntó Drugi.

–Lo que el rey lleva en la mano para que todos sepan que
es el rey –dije yo.

–¡Eso es! –gritó Jurek–. Es el premio perfecto.

Acto seguido, se abalanzó hacia delante, le arrebató la vara de las manos a Ulryk y se puso a blandirla.

–¿Vas a pegarnos con ella? –preguntó Drugi, que estaba a su lado.

–Puede –dijo Jurek, cuya amplia sonrisa manifestaba lo satisfecho que estaba consigo mismo. Al momento me acordé de Jurek con aquel palo que había recogido en el bosque. No me cabía la menor duda: era muy capaz de usar la vara para pegar a la gente, igual que el señor Szujski.

En efecto, al instante siguiente, Jurek le atizó a Drugi con fuerza en el brazo.

–¡Au! –exclamó Drugi encogiéndose.

Asombrados, al principio nos quedamos quietos, sin saber cómo reaccionar. Al cabo de un momento, sin embargo, y a pesar de que seguía frotándose el brazo, Drugi se echó a reír.

Su risa nos relajó. Era como si nada hubiera ocurrido.

Yo, sin embargo, estaba molesto. Sabía que si Jurek obtenía la vara, la usaría con el peor de los fines, como acababa de hacer. Y eso me decía que por nada del mundo podía permitir que Jurek se erigiese en rey de los botones. Habría perdido la cabeza.

–Será para quien gane –proclamó Jurek alzando la vara–. Mientras tanto, me la quedo, porque ganaré yo.

Nadie dijo ni hizo nada. Nos limitamos a mirarlo.

No tenía la menor idea de qué estarían pensando los demás, pero cuando miré a Jurek me di cuenta de que la única manera de pararle los pies era ganando yo el desafío. Y cuando ganase, lo primero que haría sería partir esa vara en pedazos y quemarlos.

26

Esa noche, cuando mis amigos y yo nos reunimos junto al surtidor, Jurek dijo:

–Si los alemanes sabían cuándo iban a irse los rusos, sabrán también cuándo llegar aquí.

–¿Qué quiere decir eso?

–Primero la bomba, luego los soldados –dijo Jurek–. No puede ser casualidad. Me apuesto lo que queráis a que llegan mañana. Alguien les está pasando información.

–¿Quién? –dijo Drugi.

Como nadie respondía, Raclaw dijo:

–Tengo ganas de ver sus botones.

–¿Por qué? –preguntó Drugi.

–Porque se cree que puede ganar la competición, tontaina –dijo Makary.

–Ganaré yo –dije.

–Y qué más –dijo Jurek–. Ganaré yo.

–Puede –dijo Makary dándole un empujón a Jurek.

–A mí también me gustaría ganar –dijo Drugi.

–Tú eres demasiado tonto –le contestó Jurek.

Todos nos reímos, incluido Drugi.

–Acabo de caer en algo –dijo Raclaw–: ya no hay soldados. Podemos hacer lo que queramos. No hay ley.

–Deberíamos ir a la iglesia y rezar –dijo Ulryk.

–¿A rezar por qué? –preguntó Wojtex.

–Por nosotros. Por el pueblo.

–Qué pérdida de tiempo –dijo Jurek–. Mejor esperemos a los alemanes.

Nadie dijo una palabra, pero estoy seguro de que todos estábamos pensando en lo mismo: en los botones.

Uno a uno, los demás fueron marchándose, hasta que solo quedamos Jurek y yo.

–Me voy –dije poniéndome en camino.

–¡Eh, Patryk! –gritó Jurek a mi espalda–. ¡Acéptalo! Voy a ganar. ¡Pum!

Me hubiera encantado contestarle algo ingenioso, pero no se me ocurría nada. Ni siquiera me di la vuelta. Solo podía pensar en los botones. No es que los quisiera; solo quería que fueran mejores que los de Jurek.

Me fui a casa y les conté a mis padres lo del socavón de la bomba.

–Dicen por ahí que los alemanes llegarán mañana –dijo mi padre.

–¿Cómo lo saben?

–Son rumores.

–¿Tú te lo crees?

–Los rumores son como las nubes. A veces traen lluvia; otras veces, no. Pero siempre hay nubes.

–¿Qué crees tú que va a ocurrir?

–Ya se verá.

–Pero ¿quiénes son nuestros enemigos? –pregunté–. ¿Los rusos o los alemanes?

Él se limitó a decir:

–Ni unos ni otros son polacos.

Esperé a que añadiera algo más, pero, al ver que no decía nada, me fui a la cama.

27

Al día siguiente, hacia media tarde, con el caluroso sol de agosto todavía cayendo a plomo, Jurek asomó la cabeza a través de la puerta del sofocante taller de mi padre y gritó:

—¡Que vienen los alemanes!

Dejé lo que tenía entre manos —estaba puliendo los radios de una rueda con una lima—, salí como un rayo de la casa y me fui corriendo por la calle principal. Cuando llegué, parecía que el pueblo entero hubiera vuelto a reunirse. Los vecinos estaban de pie formando corrillos, charlando con voz tensa e inquieta. De vez en cuando, se giraban para echar un vistazo a la carretera, hacia el oeste.

Miré hacia el pedestal del surtidor y vi que mis amigos ya estaban encima, así que fui con ellos.

—¿Habéis visto a los alemanes? —pregunté.

—No te preocupes, ¡están en camino!

—¿Cuándo llegarán? —preguntó Drugi.

–¡Enseguida! –dijo Raclaw.

–¡Con sus botones! –dijo Jurek.

–¡Para sujetarse los pantalones! –gritó Makary. Mientras ellos observaban la carretera, yo me puse a escrutar el cielo. Aunque no se veía nada, seguí mirando. Por el rabillo del ojo, vi que Jurek me observaba.

–¿Qué? –dije.

Sin hacer ruido, articuló la palabra «botones» y se señaló a sí mismo.

–Espero que tengan botones –dijo Drugi.

–¿Por qué? –le pregunté.

–Me gustaría ser el rey –respondió Drugi con una sonrisilla tímida.

–Ni lo sueñes –dijo Jurek.

A Drugi se le esfumó la sonrisa. Pensé que iba a llorar.

Los alemanes anunciaron su llegada con un repentino estallido musical. Su abrupto estruendo hizo que una bandada de pájaros alzara el vuelo, como puntitos negros contra el cielo. «Pequeños aeroplanos», pensé.

La gente del pueblo se abrió a un lado y otro de la calle. Nosotros nos quedamos encima del pedestal hechos un manojo de nervios. Jurek se había encaramado a lo alto del surtidor para ser el primero en verlos.

La música se acercaba, cada vez más fuerte y enérgica. Tenía algo que te removía por dentro y nos entraron ganas de ponernos a bailar ahí mismo.

–¡Ya los veo! –gritó Jurek desde su atalaya.

Los primeros alemanes en aparecer fueron los tambores, aporreando fuerte e insistentemente. Detrás de ellos iban varios soldados que tocaban unas estridentes trompetas brillantes. Después venían más soldados, cargados con relucientes y atronadoras tubas.

Justo detrás de la banda iba el abanderado. Portaba una gran bandera ondeante con una enorme cruz blanca y negra. En medio, se veía un águila de una sola cabeza que exhibía su lengua de color sangre como si fuera una llama rojiza. En la esquina superior izquierda había otra cruz, idéntica a la de los aeroplanos, sobre un campo de color negro, blanco y rojo.

A continuación, iban los oficiales –cinco–, todos a lomos de buenos caballos. El primer oficial, a la cabeza, montaba un caballo negro como el carbón que movía la cabeza y marcaba el paso con elegancia. Por el momento, me parecía que todo iba bien.

El uniforme del capitán consistía en una túnica ceñida de cuello alto con una doble hilera de botones dorados en el pecho; en la cabeza, una gorra con visera, y botas negras casi hasta la rodilla. A la derecha, colgada de un cinturón de cuero pulido, la pistola en su funda; a la izquierda, pendida del mismo cinturón, portaba una espada. En la túnica, lucía un emblema: la misma cruz negra que yo había visto en el aeroplano.

Al comandante lo seguían cuatro oficiales de aspecto muy similar. Justo detrás iban unos cuantos soldados con uniforme de color azul cielo.

A continuación, llegó la tropa: al menos un centenar de hombres –quizá más– que marchaban al unísono. Sus pantalones eran de color verde oscuro, y las chaquetas también, solo que con los bordes rojos. Todos llevaban un casco marrón rematado con un pincho afilado y el número 136 en rojo, calzaban botas de media altura y tenían un cinturón de cuero marrón con compartimentos. Cada uno de ellos cargaba a la espalda un fusil con la bayoneta calada. Tenían el rostro rígido y los ojos clavados al frente. No vi a ninguno sonreír ni arrugar el ceño, y sus brazos oscilaban en perfecta armonía. El firme trum-trum de sus pies sobre los adoquines sonaba claro y regular. Toda la tropa se movía como un solo insecto de múltiples patas, feroz y de aspecto mucho más fuerte que los rusos.

«¡No me extraña que los rusos se hayan retirado!», pensé, y decidí que, si algún día tenía que hacerme soldado, sería con el ejército alemán.

Pero por fuertes que parecieran los alemanes, lo que más me interesaba eran los refulgentes botones de las chaquetas de los soldados.

–¿Creéis que son de plata? –dijo Raclaw.

–Tranquilo –dijo Jurek–. Pronto tendré uno y te lo diré.

–Y yo –dijo Drugi.

–Este es el mejor desafío que hemos hecho nunca –dijo Makary.

28

Justo antes de que los soldados llegaran al surtidor, un oficial montado que iba detrás del capitán se adelantó a medio galope, se acercó al pedestal e hizo un movimiento con una especie de vara. Evidentemente, quería que nos bajásemos. Lo hicimos. El oficial desmontó del caballo, se subió al pedestal y, con los brazos en jarras y los pies bien separados, habló con voz lenta y sonora:

–¡Ciudadanos! –gritó en polaco–. ¿Hay alguien aquí que hable alemán?

El padre de Raclaw dio un paso al frente. Llevaba un traje negro, camisa blanca y corbata gris. Tenía el sombrero en las manos.

–¿Su nombre? –inquirió el oficial.

–Wozniak. Soy el abogado del pueblo.

–Traducirá usted todo lo que diga el capitán.

El capitán alemán habló y el padre de Raclaw, alzando la voz, tradujo sus palabras al polaco.

–Las fuerzas armadas del káiser Guillermo han venido a liberarlos de la tiranía rusa. A partir de este momento, son libres.

La gente del pueblo se limitaba a escuchar.

–Hagan lo que se les diga y viviremos en perfecta armonía. ¡Larga vida al káiser Guillermo! Algunos de los soldados de Su Majestad se instalarán en el cuartel de los rusos. A los demás los acogerán en sus casas. Trátenlos bien y ellos los tratarán bien a ustedes. ¡Enhorabuena por su nueva libertad!

Tras esto, el capitán saludó secamente y desmontó. Incluso le estrechó la mano al padre de Raclaw.

La gente del pueblo, en lugar de prorrumpir en vítores, se dio la vuelta y se alejó con un silencio tenso.

Cuando el capitán y sus oficiales se hubieron marchado con el juez y el padre de Raclaw, los soldados rompieron filas y se dispersaron, muchos de ellos en dirección a la taberna.

Nosotros regresamos al pedestal.

Lo primero que dijo Jurek fue:

–¿Habéis visto cuántos botones?

–Muchos y variados –dijo Raclaw.

–¿Qué tengo que hacer para conseguir uno? –volvió a preguntar Drugi.

–¿Tú qué crees? –dijo Jurek.

–¿Y no les importará? –dijo Drugi.

–Basta con que no hagas ninguna tontería –dijo Makary pegándole un capón a Drugi.

–Recordad la condición de Jurek: no se pueden pedir. Hay que ganárselos.

–Pero sin robar –dijo Ulryk.

–Y cuidado con las bayonetas –dijo Jurek.

–Me voy a casa –anuncié.

–¡Eh! –gritó Jurek antes de separarnos–. Esta noche. A medianoche. ¡En el surtidor! ¡Traed los botones nuevos!

29

Makary se fue conmigo. Nada más ponernos en marcha, nos dimos la vuelta por casualidad y vimos que detrás de los soldados alemanes llegaban unos grandes carros tirados por caballos. Encima había cañones. Luego aparecieron otros dos carros cargados con una especie de cañones más pequeños. Nos paramos a mirar.

–Ametralladoras –dijo Makary.

–¿Qué es eso?

–Me parece que son unos fusiles que disparan muy rápido.

Detrás de esos carros, iban otros cuya carga estaba tapada con una lona.

–Van llenos de munición –dijo Makary–. Van a matar a mucha gente.

–¿A quién? –pregunté.

–A los rusos, supongo. ¿Vas a quitarles los botones? –me preguntó Makary.

–No puedo dejar que Jurek sea el rey. Sería un desastre.

–Lo sé –asintió Makary–. Ya lo has visto: usaría la vara para pegarnos a todos. A mí me gustaría ganar, pero, si no puedo, espero que ganes tú.

–¿Por qué?

–Porque tú no nos pegarías.

Makary me dio una alegría al decir eso. Pero, al mismo tiempo, sentí que tenía la obligación total y absoluta de ganar.

30

Cuando llegué a casa, casi me dio la impresión de que nada hubiera ocurrido. Mi madre estaba en la cocina cosiendo. La sopa, en la cacerola de hierro, hervía a fuego lento. A verla, me entró el apetito.

—¿Habéis visto a los alemanes? —pregunté.

—Sí, claro —dijo ella, dejando la aguja y frotándose las manos.

Esperé ahí de pie a que añadiera algo más, pero, al ver que no decía nada, pregunté:

—¿Crees que son malos?

—Ya se verá.

Me fui al taller, donde mi padre estaba equilibrando una rueda nueva.

—Han traído cañones —dije—. Y ametralladoras.

Mi padre dejó escapar un suspiro y giró la cabeza.

—¿Qué vamos a hacer? —pregunté.

—Lo que haremos es trabajar —dijo él, y mirándome a los ojos añadió—: El trabajo de los soldados es transportar ametralladoras y usarlas. No te cruces en su camino.

–Los rusos también tienen armas.

Mi padre levantó las dos manos:

–Los rusos están aquí –dijo moviendo una mano–. Los alemanes, aquí –dijo moviendo la otra–. ¿Quién crees que está en medio?

–Nosotros.

Mi padre juntó las manos dando una sonora palmada.

–Es peligroso. Espero que lo entiendas.

–Lo entiendo –dije.

Mi padre y yo nos pusimos a trabajar. Hacia última hora de la tarde, oímos fuertes golpes en la puerta principal.

–Ay, Señor –murmuró mi padre, levantándose con una mano apretada en los riñones.

Lo acompañé hasta la parte delantera. La puerta estaba abierta y mi madre echada a un lado. Uno de los soldados alemanes había entrado en la casa. Su figura se alzaba amenazante al lado de mi madre y parecía ocupar toda la estancia.

No era un hombre joven, y el casco de cuero con el pincho lo hacía parecer muy alto. Iba sin afeitar y presentaba un aspecto cansado e irritable. En lo que más me fijé fue en los ocho botones de su túnica verde oscura con los bordes rojos. En las manos tenía un fusil con la bayoneta calada.

Dijo algo en alemán que no sonó muy amistoso. Miró a mi madre, a mi padre y después a mí, como tomándonos la medida. No había el menor rastro de simpatía en su mirada. Echó una ojeada a la cama de mis padres.

Sosteniendo el fusil con una mano, se quitó el casco y lo tiró encima de la cama, como reclamándola para sí. Sirviéndose del fusil a modo de bastón, nos indicó a mí y a mis padres que nos fuéramos y señaló la cocina.

Yo miré a mis padres para ver qué hacían.

–Quiere que salgamos –dijo mi padre.

–¿Que salgamos? –dijo mi madre.

–Quiere esta habitación. Para dormir.

–Ay, Señor –murmuró mi madre, igual que había hecho antes mi padre.

El soldado pegó un berrido y volvió a señalar la puerta de la cocina.

Mi madre fue la primera en salir de la habitación, seguida por mi padre. Ambos evitaron cruzar miradas con el alemán. Yo fui el último. Mientras iba a la cocina y cerraba la chirriante puerta tras de mí, miré al soldado: había empezado a desabrocharse, uno a uno, los botones de la túnica.

Eufórico, pensé: «Esperaré a que se duerma. Luego, le cortaré al menos uno de esos botones relucientes».

Mis padres y yo nos sentamos en la cocina y nos comimos la cena: patatas y sopa de col con pan. Conscientes de que el soldado alemán dormía en la habitación de al lado, no hablamos mucho, y cuando hablábamos, lo hacíamos en voz baja.

–¿Hasta cuándo creéis que se quedará? –pregunté entre susurros.

–A partir de ahora, usa la puerta trasera. No te cruces en su camino –respondió mi padre.

–Ya lo sé –dije yo tratando de poner cara de resignación. Mientras, seguí planeando cómo hacerme con alguno de los botones del alemán.

31

Esa noche, mis padres durmieron en el suelo del taller, pero yo me quedé en la cocina. Oí que mi madre rezaba más de lo habitual. Mi padre rezó también, cosa que no hacía a menudo.

Esperé.

Busqué el cuchillo de cocina de mi madre. Cuando lo hube encontrado, lo coloqué sobre la tabla de cortar, al alcance de mi mano. Trepé a mi estante, pero sin intención de dormir y sin quitarme la ropa. Me aseguré de que todavía tenía mi botón ruso y lo deposité en la cajita de objetos especiales.

Esperé.

No tengo ni idea de qué hora era cuando me escurrí de la cama. Incluso podía ser que me hubiera quedado adormilado. Daba igual. Permanecí de pie, con los pies descalzos sobre el suelo de la cocina, hasta que mis ojos se acostumbraron a la penumbra. Todo estaba oscuro y en silencio. Escuché, pero no oí nada que pudiera ser motivo de alarma.

Consciente de que quizá tuviera que salir a toda prisa, me aseguré de que la puerta que comunicaba la cocina con el taller de mi padre estaba cerrada, pero sin el cerrojo.

Luego cogí el cuchillo de mi madre de donde lo había dejado, lo aferré con la mano derecha y me dirigí hacia la habitación delantera. Entreabrí la puerta, que chirrió como de costumbre. Acerqué el oído a la rendija y escuché.

Al principio, no oí nada. A cada momento, sin embargo, estaba más seguro de que podía oír la respiración soñolienta del alemán, superficial y constante.

Abría la puerta un poco más, lo suficiente para asomar la cabeza a la habitación. La luz de la luna entraba por la ventana y me permitía ver al soldado en la cama de mis padres, con el edredón relleno de plumas subido hasta la barbilla sin afeitar. Tenía los brazos y las manos debajo del edredón, y la cabeza, con el pelo corto y de punta, recostada sobre la almohada. Los ojos estaban cerrados y de la boca abierta sobresalían unos dientes irregulares. Su respiración sonaba cada vez más fuerte. Estaba seguro de que dormía.

Miré alrededor. Las botas del alemán estaban en el suelo, igual que el casco con el pincho. En cuanto a la túnica, la había dejado colgada del poste a los pies de la cama. Vi la hilera de botones.

Abrí la puerta un algo más, lo suficiente para pasar a través de ella. Ya en la habitación, me quedé inmóvil con el cuchillo en la mano, esperando a que se me calmase el corazón.

De repente, el soldado emitió un gruñido y cambió de postura, girando sobre el costado derecho.

El corazón me latía desbocado.

El soldado estaba ahora de cara hacia mí, con los ojos cerrados. Un hilillo de baba le colgaba de la comisura de la boca. Si hubiera abierto los ojos, me habría visto ahí de pie, a un metro de él, con el cuchillo en la mano. Estaba seguro de que si se despertaba, me mataría.

Permanecí inmóvil, con el corazón al galope.

Él seguía durmiendo.

Esperé. «¿De verdad quiero hacer esto?», me pregunté. «No puedo dejar que gane Jurek», me respondí.

Di un par de pasitos en dirección a la cama.

El soldado no se movió.

Di un paso más. Ya cerca de los pies de la cama, me arrodillé. Desde ahí, agarré la túnica del soldado, busqué un botón con los dedos de la mano izquierda y tiré. Con la derecha, serré con el cuchillo por detrás del botón, como había hecho en casa de Jurek con el botón de los rusos. El cuchillo producía un ruido áspero.

El botón se desprendió tan rápido que se me escurrió entre los dedos, cayó al suelo haciendo clinc y rodó bajo la cama.

32

Tenía miedo de respirar. Al ver que el soldado no se movía, me agaché del todo. Podía ver el botón brillando debajo de la cama. Miré al soldado. Seguía inmóvil.

Procurando no hacer ruido, me estiré en el suelo, me metí debajo de la cama y cerré los dedos en torno al botón. Al hacerlo, el soldado dejó escapar un gruñido sordo y se dio la vuelta. La cama crujió encima de mi cabeza.

Paralizado de miedo, traté de pensar qué hacer en el caso de que el soldado se despertase y me descubriera.

Cuando el soldado volvió a respirar con regularidad, retrocedí a rastras hasta salir de debajo de la cama. Como me daba miedo levantarme, fui reptando con el cuchillo en una mano y el botón en la otra hasta la puerta de la cocina y la empujé con la cabeza para abrirla un pelín más.

Repté al interior de la cocina. Una vez ahí, me levanté y cerré la puerta con cuidado. Hecho esto, me apoyé contra ella y me permití respirar hondo. Mi corazón seguía latiendo sin control.

Tras devolver el cuchillo de mi madre a su sitio, me guardé el botón en el fondo del bolsillo del pantalón, pero sin soltarlo del puño. Ni siquiera me molesté en ponerme las botas: crucé el taller con cuidado de no pisar a mis padres, que dormían en el suelo.

Nadie se despertó.

Salí por la puerta trasera. Exultante de emoción, apreté el botón que llevaba en el bolsillo y eché a correr.

33

Nada más llegar a la calle principal, me saqué el puño del bolsillo y por primera vez intenté ver qué era lo que había robado.

El botón, de apenas dos centímetros de diámetro, estaba hecho de algún tipo de metal brillante. Por un instante, pensé que quizá fuera de oro. Consciente de que eso era improbable, determiné que era de latón. En cualquier caso, resplandecía, y eso me daba una gran satisfacción.

Me apoyé en la ventana de un edificio; aunque los postigos estaban cerrados, salía un poco de luz. Cuando me acerqué el botón a los ojos para inspeccionar su diseño, vi dos cañones cruzados sobre tres bolas de cañón.

¡Cañones! Seguro que ninguno de mis amigos encontraba nada mejor.

Entusiasmado, seguí caminando por la calle principal en dirección al surtidor. Oí un ruido y levanté la vista. En mitad de la calle había dos soldados alemanes. Estaban de pie uno al lado del otro, con el fusil a la espalda, y miraban directamente hacia mí.

Con un golpe de pánico, me guardé el botón en el bolsillo.

Uno de los soldados me indicó por señas que me acercase.

Hice lo que me decía y me quedé de pie delante de ellos. Temblaba de arriba abajo, así que tuve que obligarme a mirarlos y lo hice con toda la cara de inocencia de la que fui capaz.

Los dos me escrutaron en silencio.

–¿Qué haces en la calle a estas horas? –preguntó al fin uno de ellos, en polaco.

–No podía dormir, señor.

–¿Sabes qué hora es?

–No, señor.

–Es medianoche. ¿Dónde están tus padres?

Al señalar hacia mi calle, noté la presencia del botón en el bolsillo. «Si me cachean y lo encuentran, diré que lo he recogido de la calle».

–¿Saben que no estás en casa?

–No, señor.

–¿A quiénes prefieres –preguntó el otro soldado–, a los rusos o a los alemanes?

–A los alemanes, señor –dije, suponiendo que era lo mejor.

–Así me gusta. Aunque ¿sabes qué podría pasarte si sales a merodear de noche?

–No, señor.

–Podríamos pensar que eres un espía –dijo el alemán–. Un colaborador de los rusos. ¿Y sabes qué te ocurriría entonces?

–No, señor.

–Que, en menos que canta un gallo, te ejecutaríamos.

–¿Me ejecutarían?

–Fusilado.

–Sí, señor. Entiendo, señor.

–Vamos a ver, ¿adónde ibas?

–Al surtidor.

–¿A qué?

–Cuando no puedo dormir, me gusta reunirme ahí con mis amigos.

–Hemos visto que había unos cuantos chicos ahí. ¿Son tus amigos?

–Supongo que sí.

–Antes hemos hablado con ellos. Les hemos dicho que si trabajaran más durante el día, dormirían mejor por la noche. –El soldado me lanzó una sonrisita–. Y ahora, andando. No te metas en líos. No querrás que te fusilen, ¿verdad?

–Sí, señor; no, señor –dije.

Mientras me iba, oí que el soldado que hablaba polaco se dirigía al otro en alemán. Se rieron. Supuse que le estaría contando nuestra conversación; seguramente creía que me había asustado.

Satisfecho conmigo mismo, seguí corriendo.

34

Jurek y Makary estaban sentados en el pedestal del surtidor. Habían pegado una vela encendida encima del cemento, en medio de los dos. Cuando me acerqué, Jurek dijo:

–Pensaba que te habías escaqueado.

–Me han parado los alemanes. Uno de ellos hablaba polaco. Querían saber qué hacía en la calle a estas horas.

–¿Y qué les has dicho?

–Que no podía dormir.

–Por aquí también han pasado –dijo Makary–. Nos han preguntado lo mismo.

–¿Y qué les habéis dicho?

–Que soy sonámbulo –dijo Jurek.

–¡Anda ya!

–En serio –dijo Makary riéndose.

–Nos han dicho que si salimos a merodear de noche, podrían pensar que somos espías rusos y fusilarnos.

–Lo mismo que me ha dicho a mí –dije.

–Qué chorradas –dijo Jurek–. Nadie va a fusilar a un niño.

–¿Dónde están los demás? –pregunté mirando alrededor.

–Ni idea –dijo Jurek–. ¿Has conseguido algo?

–¿Y tú? –repliqué.

–Yo te he preguntado antes –dijo Jurek.

–Sí, tengo algo.

–Yo tengo uno de los buenos –intervino Makary.

–A verlo –dijo Jurek.

Makary colocó un botón encima del cemento, al lado de la vela. Lo miré. Jurek me tendió su lupa. El botón de Makary era tan brillante como el mío, aunque algo más pequeño. Tenía grabado el número diez.

–¿Qué significa el diez? –pregunté.

Makary se encogió de hombros.

–Décimo Ejército –dijo Jurek como si lo supiera–. O Décimo Regimiento. Algo así.

Tras inspeccionar el botón, se lo devolví.

–¿Cómo lo has conseguido?

–Antes he pasado por delante de la taberna. Había un soldado alemán sentado al lado de la puerta, con la espalda contra la pared. Borracho. Me he sentado a su lado y le he dicho: «¿Puedo quedarme uno de sus botones?». Él ha murmurado algo que supongo que quería decir que sí, así que se lo he arrancado de la chaqueta. Ni siquiera se ha dado cuenta.

–No se podían pedir –dijo Jurek.

–No puede ser que tú pongas todas las reglas –replicó Makary.

Miré a Jurek.

–La gracia –dijo– está en hacer algo que requiera valor para ganárselos.

–¿Qué has encontrado tú? –le pregunté.

Jurek sacó su botón. Lo cogí y lo miré; luego levanté la lupa. Con tan poca luz, me costó un poco entender en qué consistía el diseño.

–¿Es una corona? –pregunté.

Jurek asintió.

–Me juego lo que quieras a que es la corona del rey de Alemania.

Me lo acerqué más a los ojos y me encorvé para tener un poco más de luz. Jurek tenía razón: era una corona. Me gustaba, pero en mi cabeza solo había un pensamiento: «El mío es mejor».

–¿Qué se supone que significa? –pregunté.

–Que los soldados que han venido aquí son los mejores soldados que tiene el rey de Alemania –dijo Jurek–. Los mejores de todo el ejército alemán. Y están aquí por mí –añadió.

–¿Cómo lo has conseguido? –dije.

–Antes ha venido un soldado a casa. También hablaba polaco. Le ha dicho a mi hermana que le diese de comer. He notado que a ella le gustaba, y cuando le ha servido la comida, él se ha sentado y se ha quitado la túnica. Yo me he ofrecido a colgársela, y cuando la he colgado, ¡zas!, adiós botón. Ha estado chupado. ¿Qué has encontrado tú?

Yo me saqué mi botón del bolsillo y se lo mostré. A primera vista se veía que era más grande y brillante que los de ellos.

–¿Ha sido difícil? –preguntó Makary.

Les expliqué cómo lo había hecho.

–No está mal –dijo Makary.

Jurek se quedó callado.

–Son cañones –dije yo cuando ya fue evidente que Jurek no iba a decir nada–. Con bolas de cañón –añadí–. Mejor que un numerito y que una estúpida corona.

–Una corona cuenta más que unos cañones –dijo Jurek.

–Mentira –dije yo–. Además, mi botón brilla más. Se acabó la competición.

Los muchachos seguían pasándose mi botón el uno al otro. Observé a Jurek. Estaba seguro de que estaba celoso.

–Patryk tiene razón –sentenció Makary–. Es mejor un cañón que una corona.

–¿Lo ves? –le dije a Jurek–. He ganado.

–No, no has ganado –dijo él–. Los demás también juegan. Tenemos que esperar a que nos enseñen lo que han encontrado.

–¿Dónde están?

–No lo sé.

–Está bien... –dije cediendo. Alargué la mano para que me devolvieran el botón–. Me voy a casa.

–Yo también –dijo Makary.

Me puse en marcha.

–¡Patryk!– gritó Jurek detrás de mí–. ¡Voy a ganar yo!

–¡No si puedo impedirlo! –grité yo.

Seguí andando hacia casa. De camino, empecé a oír sonidos retumbantes. Me paré para tratar de averiguar de dónde provenían. Del este. Donde el bosque. Mientras seguía mirando en esa dirección, vi un centelleo de luces.

Algo gordo estaba ocurriendo.

35

En un momento, la calle se llenó de soldados alemanes; la mayoría salieron corriendo de las casas donde estaban durmiendo. Muchos estaban a medio vestir, y la mayoría todavía estaba poniéndose o abotonándose la chaqueta. Todos llevaban puesto el casco con el pincho y sostenían los fusiles entre las manos.

Llegaron más soldados, probablemente provenientes del cuartel.

Regresé corriendo al pedestal del surtidor, me subí a él y miré al este. Entre la oscuridad del horizonte se veían destellos de luz. El retronar persistía.

Jurek y Makary también volvieron y se subieron al pedestal para ver mejor.

–¿Qué creéis que es? –les pregunté.

Jurek, como siempre, tenía una respuesta.

–Los rusos. Están atacando.

–¿Aquí? –dijo Makary con la boca abierta.

–Pues claro.

–¿Y ese ruido? –dije yo.

–Los cañones, idiota –dijo Jurek volviéndose hacia mí–. Pero no como esa birria de cañones de tu botón.

Vimos cómo los soldados alemanes se agrupaban en la calle. Aparecieron también varios vecinos. Estaba oscuro, pero pude ver que todos miraban hacia el este. Los soldados parecían intranquilos.

–¿Crees que tienen miedo? –pregunté mirando a Makary.

–Lo dudo –respondió Jurek en su lugar.

En esas apareció Wojtex.

–Mi padre quiere saber qué es todo este ruido.

–Los rusos están atacando –dijo Jurek.

–¿Atacando el pueblo? –exclamó Wojtex alarmado.

–Probablemente.

–Será mejor que se lo diga a mi padre –dijo Wojtex y se fue a toda prisa, agitando los brazos.

Aparecieron los oficiales, todos uniformados, y se pusieron a gritar órdenes. La tropa empezó a formar en orden de marcha. Desde alguna parte llegaron más soldados tirando de los carros, sobre los que habían montado las ametralladoras.

Vi al soldado que se alojaba en mi casa. Me pregunté si se habría dado cuenta de que a su chaqueta le faltaba un botón. Nervioso, me hurgué en el bolsillo. Para mi alivio, en ningún momento miró hacia mí.

Los oficiales seguían gritando órdenes. Los soldados comenzaron a marchar hacia el este, en la dirección de las explosiones. Esta vez sin música.

–Creo que me voy a casa –dijo Makary y se marchó corriendo.

Yo miré a Jurek, sin saber muy bien qué hacer.

–Voy a ver qué ocurre –dijo él.

Se bajó del pedestal y salió corriendo tras los alemanes. Cuando ya llevaba unos metros, se paró y me miró.

–¡Vamos! –dijo.

–¿Y si nos toman por espías? –grité yo.

–¡Qué va, hombre! –gritó él y siguió corriendo.

Como siempre, me estaba desafiando.

Vacilé unos instantes y luego eché a correr tras él.

36

No había más luz que la luna creciente –baja sobre el horizonte– y el tenue resplandor de las estrellas, pero bastaba con eso para que la carretera brillase como una cinta blanca. A ambos lados, los campos de cultivo estaban en penumbra. Jurek y yo logramos alcanzar a los soldados que iban de últimos. Con la oscuridad, parecían espectros marchando al ritmo del cadencioso tram-tram de sus botas. Los destellos y el retronar no cesaban. A cada explosión, yo cerraba los ojos.

Convencido de que lo más prudente era no alzar la voz, murmuré:

–¿Adónde crees que van?

–A luchar contra los rusos –dijo Jurek.

–¿Una batalla?

–Quizá.

–¿Y habrá muertos?

–¿Tú qué crees, idiota?

Me detuve.

–Pero...

–Si te va a dar el canguelo, no vengas –dijo con un tono burlón en su voz.

Yo me quedé quieto, escuchando el tronar constante y contemplando los destellos de luz.

Estaba asustado y sabía que lo mejor era irme a casa. No obstante, seguí adelante, un paso por detrás de Jurek.

–Si hay muertos –dijo Jurek–, puede que encontremos unos botones estupendos. Es una ocasión única. Al menos para mí. Ya te dije que ganaría.

Antes de que yo pudiera responder, él ya había echado a correr tras los alemanes.

Lo miré y oí en mi cabeza la voz de mi padre diciendo: «No te cruces en su camino, ¿entendido? Es peligroso».

Pero, al mismo tiempo, yo me decía a mí mismo: «Si dejo que gane Jurek, pasará lo que decía Makary: será un desastre».

–¡Espera! –grité corriendo tras él.

37

A unos tres kilómetros del pueblo, tuvimos que pararnos. Los soldados alemanes se habían reunido en grupo, mientras que los oficiales habían formado un círculo aparte. Parecían discutir algo.

Al frente, el bosque parecía estar incendiándose: se veían llamas rojas y amarillas que alcanzaban alturas gigantescas. El fuego rugía y se oían chasquidos, crujidos y lo que me pareció el ruido de los árboles al caer. Incluso desde donde estábamos, detrás de los soldados, se sentía el calor. El aire llegaba cargado de un humo denso que hacía difícil respirar. Los ojos me escocían. Las chispas volaban por todas partes como enjambres de insectos feroces.

Esperamos ahí un rato, pero, con Jurek al frente, acabamos dando un rodeo hasta donde estaban los soldados que iban delante, ya cerca del bosque en llamas. Los alemanes habían llegado al lugar donde el aeroplano había abierto un cráter en la carretera.

Los soldados ni siquiera repararon en nosotros. Estaban demasiado concentrados contemplando aquel infierno: tenían los ojos como platos y el fuego proyectaba un resplandor rojizo en sus rostros atemorizados. Algunos tenían cigarrillos colgando de los labios.

Sonó un silbido estridente, seguido de un destello y un ¡bum! estrepitoso.

Di un salto atrás y choqué con Jurek, que me apartó de un empujón.

–Solo es un cañonazo –dijo.

Yo me metí la mano en el bolsillo, apreté el botón que había robado y me puse a pensar en cañones y bolas de cañón.

–¿Por qué iban a querer los rusos prender fuego al bosque? –pregunté.

–A nosotros nos gusta escondernos en el bosque, ¿no?

Asentí.

–Pues por eso mismo: no quieren que los alemanes se escondan ahí.

Jurek y yo nos quedamos donde estábamos. Los cañonazos y las explosiones continuaban. Un trozo de madera al rojo vivo cayó del cielo y aterrizó a pocos metros de nosotros. Sobresaltados, dimos un brinco hacia atrás y vimos cómo la madera pasaba de rojo a gris, como si estuviera muriéndose.

Oímos gritar órdenes en alemán. Acto seguido, los soldados se giraron, formaron filas y arrancaron a caminar hacia el pueblo con los fusiles al hombro. Detrás de ellos iban los carros con las ametralladoras. Poco después, casi todos habían desaparecido. Ya solo quedaban cuatro soldados, además de Jurek y de mí. Uno de los alemanes dio un grito y nos indicó que nos fuéramos.

Aliviado, dije:

–Más vale que nos vayamos.

Tras echar un último vistazo al bosque incendiado, Jurek y yo regresamos al pueblo. Durante el trayecto, seguí sintiendo el calor en la espalda.

Caminamos en silencio y de vez en cuando nos girábamos para ver las llamas. Ya no solo se veían destellos, sino lo que parecía una enorme cúpula de luz trémula en el lugar que ocupaba –o había ocupado– el bosque.

–Es un bosque muy viejo –dije.

–Al menos tiene mil años. Me pertenece.

–¿Crees que esto quiere decir que los rusos van a volver?

–Empiezas a parecerte a Drugi. Pero te responderé igualmente: ya han vuelto.

Jurek tenía un don para hacerte sentir como si fueras tonto. No dije nada más.

38

Cuando llegamos al pueblo, en la calle se habían instalado postes con antorchas encendidas para que iluminaran. Apestaba fuertemente a quemado y por el aire flotaban capas de humo. Las explosiones continuaban a lo lejos.

Había muchos soldados alemanes en la calle principal. Daba la impresión de que estaban esperando a que les dijesen qué hacer. Vi al soldado que se alojaba en nuestra casa sentado sobre el carro de la ametralladora. Parecía cansado y triste, como si quisiera volver a la cama. No me prestó ninguna atención.

Jurek y yo nos dirigimos al surtidor. Makary había vuelto. Ulryk, Raclaw y Wojtex también estaban. Pero Drugi no.

–¿Dónde estabais? –preguntó Raclaw.

Les explicamos lo que habíamos visto.

–¿Se ha quemado todo el bosque? –preguntó Ulryk.

–Es posible –dije yo.

–Eso parece –dijo Jurek.

–¿Qué creéis que van a hacer los alemanes? –preguntó Raclaw.

Yo me encogí de hombros. Cuando uno se siente a salvo, es más fácil fingir indiferencia.

–¿Y qué hay de los rusos? –dijo Wojtex.

–Atacarán –dijo Jurek con su habitual tono autoritario.

–¿El pueblo? –dijo Ulryk alarmado.

–Seguro.

–Esto no me gusta –dijo Raclaw revolviéndose sobre su asiento.

Durante un rato, nadie se movió ni dijo nada. Seguíamos sentados sobre el pedestal del surtidor, mirando hacia el este, escuchando los estallidos, observando la luz. Los destellos parpadeaban en las caras de mis amigos. Todos estábamos tensos.

–¿Alguien ha conseguido algún botón? –dijo Jurek.

–Deberíamos olvidarnos de los botones –dije yo.

–¿Por qué? –preguntó Raclaw.

–Porque acabaremos metiéndonos en un lío. Los alemanes podrían fusilarnos.

Nadie dijo nada, hasta que Makary dijo:

–Yo he encontrado esto.

Sacó su botón, el del número diez.

Ulryk nos enseñó el suyo, que tenía el número seis. Los examinamos por turnos.

–Diez es más que seis –dijo Jurek.

–Es el primer problema de mates que resuelves desde que empezó el curso.

123

El comentario sirvió para romper la tensión. Todos nos pusimos a reír.

Raclaw extendió el brazo con su botón. Jurek se lo arrancó de la mano y se puso a inspeccionarlo.

–Igual que el mío –dijo–. La corona del rey de Alemania.

Parecía decepcionado.

Ulryk tomó el botón y lo miró entrecerrando los ojos.

–Tiene una corona con una cruz encima –observó.

–El mío también –dijo Jurek.

–Y el mío –dijo Wojtex mostrando el suyo.

–¿Cómo lo has conseguido? –le preguntó Makary a Ulryk.

–Uno de los soldados se ha instalado en mi casa –dijo Ulryk–. Le he dicho que hago de monaguillo en la iglesia y que, si me daba un botón, rezaría por su alma. Y me lo ha dado.

–Entonces se lo has pedido –dijo Jurek–. Eso no vale.

–Hablas como si ya hubieras ganado –dijo Makary.

–Es que he ganado –dijo Jurek enseñando su botón con la corona.

Como yo sabía que el mejor botón era el mío, lo saqué también para poner fin de una vez a esa discusión.

–¡Guau! –exclamó Raclaw–. Cañones. ¡Y cómo brilla! A lo mejor es de oro.

Los demás se apretaron para verlo.

–Es de latón –dijo Jurek.

–Es el mejor –dije yo–. Se acabó la competición. He ganado. –Y levantando la mano añadí–: Me corresponde la vara. Soy el rey de los botones.

–No, de eso nada –dijo Jurek–. Falta Drugi. A lo mejor el suyo es mejor.

–Y qué más –dijo Raclaw.

–Es lo justo –dijo Jurek–. Tenemos que asegurarnos.

–¿Ahora? –dije yo mirando hacia el este.

–Tenemos que decidir quién ha ganado, ¿no? –dijo Jurek.

–Es demasiado tarde –dije.

–Muy bien –dijo Jurek–. Entonces, mañana por la mañana.

–Eso –dijo Wojtex–. Mañana por la mañana.

–Da lo mismo –dije yo–. He ganado.

Nos quedamos sentados mirando cómo brillaba el incendio y escuchando las explosiones. Uno a uno, nos fuimos marchando.

Diría que Jurek fue el último en irse.

39

Entré en casa por la puerta trasera. Mis padres estaban despiertos, sentados a la mesa de la cocina.

−¿Dónde estabas? −me preguntó mi padre.

−Dando una vuelta por ahí −dije y me senté. Miré hacia el dormitorio, temeroso de alzar la voz.

Mis padres comprendieron.

−Se ha ido −dijo mi padre. A continuación, mientras mi madre servía la comida, me preguntó−: ¿Qué has visto?

−El bosque entero está ardiendo −dije.

−¿Qué quieres decir? −preguntó mi madre, dejando la cacerola.

−Los rusos le han prendido fuego con los cañones.

−¿Y tú lo has visto? −preguntó mi padre.

Asentí.

−¿Has corrido peligro? −dijo mi padre.

Negué con la cabeza.

−Pero... ¿por qué lo han hecho? −preguntó mi madre.

Repetí la respuesta que había dado Jurek:

–Seguramente no quieren que los alemanes se escondan ahí.

–Te dije que no hicieras tonterías –dijo mi padre.

–No ha pasado nada –dije tratando de restarle importancia, aunque la verdad es que me alegraba de estar en casa.

Mi padre se inclinó hacia mí y me tomó del brazo.

–Por favor te lo pido –dijo–: ten cuidado.

–¿Crees que los rusos atacarán el pueblo? –dije.

–Yo no sé nada –dijo mi padre.

Terminamos de comer y después mis padres se fueron al taller a dormir. Yo me subí a mi estante y me acosté. Durante unos instantes, seguí escuchando las explosiones. Al cabo de un rato, cogí mi cajita y guardé dentro el botón de los cañones. Mientras seguía el retumbar de las explosiones, me sumí en un sueño intranquilo, pensando: «¿Y si los rusos atacan el pueblo esta noche?».

40

Cuando me desperté por la mañana, estaba lloviendo: una lluvia insistente que tintineaba sobre el tejado del mismo modo en que los rusos hacían resonar su tambor, con un golpeteo constante. Agucé el oído, pero no oí explosiones. Cuando miré hacia abajo, vi a mi madre sentada frente a la mesa, cosiendo. Movía la aguja rápidamente, cosa que hacía cuando estaba nerviosa.

–¿Ha vuelto el soldado alemán? –susurré señalando hacia la habitación de al lado.

Ella dijo que no con la cabeza.

–¿Crees que volverá?

Alzando un hombro, dijo:

–Tú no entres ahí.

Saqué el botón, lo miré, lo apreté en mi mano y volví a guardarlo. Luego me levanté y escuché el rítmico repicar de la lluvia. De vez en cuando se oía un trueno que retumbaba estrepitosamente, acompañado de algún que otro destello de luz. Era una tormenta de las grandes, pero parecía cosa de nada en comparación con lo que había visto y oído la noche anterior.

Desayuné un tazón de leche con un poco de pan. Quería salir y ver a mis amigos, pero la lluvia no cesaba. Eso quería decir que no habría nadie en el surtidor. Pensé en Drugi. A menos que hubiera encontrado un buen botón, yo iba a ser el ganador del desafío. Una vez hubiéramos terminado con eso, ya no tendría que preocuparme más por Jurek.

Como la lluvia continuaba, pasé el día en el taller trabajando con mi padre. El soldado alemán no volvió. Por la noche siguió lloviendo y no paró hasta mediado el día siguiente.

−¿Hay que ir a buscar agua? −pregunté cuando hubo terminado del todo.

−Tu madre todavía tiene un poco.

−¿Puedo irme?

−¿Adónde? −preguntó mi padre.

−Con mis amigos.

−Recuerda lo que te dije: ten cuidado −dijo él.

−Lo tendré.

Salí al callejón, donde había dos palmos de barro. En el aire no se olía el frescor habitual de después de la lluvia, solo la peste a quemado. Las nubes estaban bajas y presentaban un color grisáceo. ¿Sería humo? Esperaba que aquel día y medio de lluvia hubiera servido para apagar el incendio en el bosque.

Me encaminé al surtidor, pisando con los pies en los charcos. La calle principal estaba repleta de soldados alemanes de pie, todos con sus cascos de pincho y los fusiles a la espalda.

En los cinturones llevaban más cosas. Estaban empapados y sucios, como un ejército de perros mojados. Se los veía inquietos, como a la espera de que ocurriera algo.

La gente del pueblo procuraba evitarlos pasando a cierta distancia o caminando por los laterales de la calle. Cerca del surtidor había carros con ametralladoras y un par de cañones. El soldado que se había alojado en mi casa estaba montado en uno de los carros. Le lancé una mirada, pero él no reparó en mí. Es más, cuando pasé entre los soldados, ninguno me prestó la menor atención.

Cuando llegué al pedestal, vi que había una pequeña cola de mujeres cargadas con baldes esperando para recoger agua. Raclaw y Ulryk hacían girar la rueda del surtidor.

—¿Necesitáis ayuda? —dije subiendo al pedestal.

—Gracias —dijo Raclaw apartándose.

Durante un rato, estuve dándole vueltas a la rueda.

La cola llegó a su fin. Para entonces, Jurek, Wojtex y Makary ya habían llegado. Nos sentamos en el sitio de siempre.

—¿Creéis que se habrá quemado todo el bosque? —preguntó Makary.

—Seguro —dijo Jurek—. La última vez que lo he visto, todavía estaba ardiendo.

—¿Cuándo ha sido eso?

—Antes —dijo Jurek sin dar más detalles.

—Me habría gustado verlo —dijo Wojtex apesadumbrado.

—¿Qué creéis que harán los alemanes? —dijo Ulryk.

Raclaw señaló con la cabeza en dirección a la casa del juez, al otro lado de la calle.

—Los oficiales están ahí. Supongo que están tratando de decidir algo.

–Quizá ataquen a los rusos antes de que los rusos los ataquen a ellos –dijo Makary.

–¿Dónde? –dijo Jurek–. En el bosque, imposible. Por eso los rusos han hecho lo que han hecho.

–A mi padre le preocupa que los rusos ataquen aquí –dijo Wojtex.

–Me gustaría ver eso –dijo Jurek.

Entonces, Ulryk dijo:

–El padre Stanislaw me ha dicho que es posible que tengamos que irnos del pueblo.

–¿Por qué? –dije yo.

–Porque va a haber combates.

–Pero solo entre los soldados –dijo Jurek.

–¿Alguien sabe dónde está Drugi? –pregunté.

Jurek se giró hacia mí y dijo:

–Te crees que has ganado, ¿no?

–Sí –dije yo sonriendo.

–Tenemos que ser justos –dijo Raclaw–. Antes de decidir, tenemos que ver qué tiene Drugi. Andando.

Todos a una, bajamos del pedestal y, conmigo delante, salimos corriendo por la calle embarrada y salpicada de charcos.

41

Drugi y su familia vivían en una pequeña casa de madera al sur del pueblo, al lado de un terreno donde cultivaban patatas. La familia estaba formada por él, su madre, su padre y un hermano mayor llamado Arek.

Nos aproximamos a la casa en silencio. Yo estaba muy ufano, pero trataba de que no se me notase. Jurek no decía nada. Seguramente sabía que yo había ganado la competición y no le hacía ninguna gracia.

Cuando llegamos a la casa, yo estaba tan impaciente por ver qué había encontrado Drugi que no dudé en llamar a la puerta. Nadie contestó. Volví a llamar.

La puerta se abrió un poco. Apareció un ojo que miraba hacia fuera. Cuando la puerta se abrió un poco más, vimos que era Arek, el hermano de Drugi.

–¿Qué ocurre? –dijo.

–¿Está Drugi en casa? –pregunté.

–¿Qué queréis?

–Tenemos que hablar con él.

–No puede hablar –dijo Arek.

–¿Qué quieres decir? –pregunté.

–Está enfermo.

Arek abrió la puerta un poco más. Era un muchacho adolescente, bajito y recio, con una fina sombra de bigote. En la mejilla tenía un gran moratón de color violáceo.

–¿Qué tiene? –preguntó Jurek.

Arek guardó silencio unos instantes, como pensando qué decir.

–Le han pegado –dijo.

–¿Que le han pegado? –exclamó Ulryk.

–Uno de los soldados se ha instalado en casa.

–¿Alemán? –preguntó Makary.

–Austríaco.

–Nosotros tenemos un alemán –dije yo.

–Ya sabéis cómo es Drugi –continuó Arek–. No es muy despierto. Le dio por robarle un botón al soldado. Un botón de la gorra. No me preguntéis por qué. El soldado lo pilló y le dio una paliza. Una tunda de miedo. Traté de detenerlo, pero él tenía una pistola. No pude.

Nos miramos atónitos los unos a los otros, sin decir nada. No podíamos ni movernos.

Fue Ulryk quien preguntó:

–¿Está... está grave?

Arek asintió con la cabeza y se señaló el moratón.

–El soldado se fue a medianoche, cuando empezaron los cañonazos. No ha regresado. Como vuelva, lo mato.

Pasado un momento, Jurek dijo:

–¿Podemos ver a Drugi? Queremos decirle que lo sentimos. Quizá así se sienta mejor.

Miré a Jurek con cara de asco. Estaba seguro de que no lo decía en serio. Solo quería saber si Drugi había conseguido el botón.

Arek abrió la puerta un poco más y dijo:

—Le daréis una alegría.

Entramos y nos apretujamos en la minúscula habitación principal. Al igual que en mi casa, una gran cama ocupaba la mayor parte de la estancia. Drugi estaba acostado encima. Ya de por sí era pequeño, pero ahora parecía diminuto.

Nos colocamos alrededor de la cama y lo miramos. Presentaba un aspecto horrible. Tenía la cara tumefacta y llena de cortes y moratones oscuros que contrastaban con su piel blanca como la masa del pan. Los ojos, también hinchados, estaban cerrados. Alrededor de uno de los ojos y de la boca se veía sangre reseca. Tenía un brazo encima de la sábana y el otro debajo. El brazo que quedaba a la vista estaba envuelto en un paño manchado de rojo.

Sentada en una silla junto a la cama estaba la madre de Drugi. Su padre estaba de pie al lado. Nos miró y dijo:

—Los amigos de Drugi siempre son bienvenidos.

—¿Se va... se va a morir? —preguntó Ulryk a los padres, susurrando.

La madre movió los labios, pero no llegamos a oír sus palabras. Luego se santiguó.

—¿Drugi? —dijo Ulryk inclinándose sobre la cama—. ¿Me oyes?

Actuaba como si fuera el cura.

Drugi no dijo nada.

—¿Drugi? —dijo Ulryk un poco más alto.

Nada.

Jurek se giró hacia el hermano de Drugi.

–¿Se quedó el botón del soldado?

–¿Qué pregunta es esa? –dijo el padre de Drugi.

–Es solo... por saber.

Ulryk le preguntó a la madre de Drugi:

–¿Quiere que vaya a buscar al padre Stanislaw?

La mujer asintió y un par de lágrimas resbalaron por sus mejillas mientras volvía a santiguarse. Ulryk se abrió paso hacia la puerta.

Los demás no dijimos nada, pero nos quedamos un rato más en torno a la cama. Yo podía oír la respiración agitada de mis amigos, pero evitábamos mirarnos. Ya no sabía si estaba mareado o furioso.

Nadie nos dijo que nos fuéramos, pero al final murmuramos algo y nos marchamos.

La puerta se cerró detrás de nosotros con un leve chasquido.

42

Nos quedamos fuera de la casa de Drugi sin decirnos nada. Daba igual que su hermano no supiera por qué Drugi había hecho lo que había hecho. Nosotros sí lo sabíamos.

–Drugi nunca fue muy espabilado –dijo Jurek.

–No tienes por qué ser cruel –dije yo.

–Eso –dijo Makary–. A mí me gustaban sus preguntas.

–Solo preguntaba tonterías –dijo Jurek.

–Entonces ¿cómo es que nunca teníamos respuestas? –dijo Raclaw.

–Apaleado por un botón –dije–. Deberíamos haberlo protegido.

–Claro –dijo Jurek–, tú contra la pistola del soldado.

Le lancé una mirada.

–¿Y qué pinta aquí un soldado austríaco? –preguntó Makary.

–Son amigos de los alemanes –dijo Raclaw.

–Tanto los alemanes como los austríacos hablan alemán, ¿no? ¿Cuál es la diferencia?

–Creo que sus botones son diferentes –dijo Makary.

–Por fuerza –dijo Jurek.

Pasado un momento, Raclaw dijo:

–Supongo que Patryk ha ganado.

–No, no ha ganado –dijo Jurek.

–¿Y eso? –dijo Wojtex.

–Porque el desafío incluía a los siete –dijo Jurek–. Ahora que Drugi no está, todo cambia. Solo somos seis.

–Drugi no se ha ido –dije yo.

–A mí me parece que sí.

–Y a lo mejor consiguió algún botón –dije.

Jurek negó con la cabeza.

–¿Drugi? Imposible.

Estaba tan harto que me puse a gritar:

–¡No lo sabes! ¡La competición se ha acabado! Además, ¡es demasiado peligroso! ¡He ganado!

–No –dijo Jurek–. Hay que volver a empezar. Son las reglas. Tenemos un día más. Solo nosotros seis.

–No es justo –dije.

–¿Los demás estáis de acuerdo conmigo? –preguntó Jurek.

Los chicos musitaron algo.

–Cinco contra uno –me dijo Jurek–. La competición se alarga un día más. Solo nosotros seis –repitió.

–Deberíamos dejarlo –dije meneando la cabeza.

Los demás miraron a Jurek, como si él tuviera la última palabra.

–¿Lo ves? –me dijo–. No has ganado. –Y añadió–: Me voy al bosque a ver qué ha ocurrido. Seguro que la lluvia ha apagado el incendio. ¿Alguien más quiere venir?

–Yo –dijo Raclaw.

–Y yo –dijo Makary.

–Yo tengo que irme a casa –dijo Wojtex–. Mi padre estará preocupado.

Y se fue.

Yo me sentía furioso y derrotado, así que me quedé donde estaba.

–¿Vienes, Patryk? –dijo Jurek con su sonrisita. Quería provocarme.

De una cosa estaba seguro: cuando Jurek ganaba, lo peor que podías hacer era dejarle ver que te importaba.

–Sí –dije–. Voy.

43

Cuando llegamos otra vez a la calle principal, todavía había un montón de soldados alemanes merodeando por ahí.

–Están esperando –dijo Jurek.

–¿A qué? –pregunté.

–A saber si van a por los rusos –dijo él–. O quizá esperan que sean los rusos los que vengan a por ellos.

–¿Crees que lo harán? –preguntó Raclaw.

–Es una guerra, ¿no? –dijo Jurek.

–¿Ves algún soldado austríaco? –le pregunté a Raclaw.

Raclaw miró alrededor.

–Ahí –dijo señalando.

Había dos hombres con uniforme azul claro. Eran jóvenes y estaban algo apartados de los soldados alemanes. Los dos llevaban mochilas a la espalda y un cinturón con varios compartimentos. En las manos sostenían el fusil. No llevaban cascos con pincho, sino gorras de visera negra.

–No tienen botones –dijo Makary.

–Sí tienen –dijo Jurek–. En la gorra.

Era cierto: cuando volví a mirarlos, vi que sus gorras tenían botones. No tenía ni idea de por qué. Me pregunté si alguno de ellos sería el que le había pegado la paliza a Drugi.

–¿Por qué están aquí? –pregunté con odio.

–Ya te lo he dicho –dijo Raclaw–. Son amigos de los alemanes.

–Menudos amigos –dije.

–¿Vamos al bosque? –preguntó Jurek.

Impaciente, echó a caminar sin mirar atrás, lo cual me hizo preguntarme a qué venía tanta insistencia. Los demás y yo nos miramos –como para asegurarnos de que iríamos todos– y seguidamente nos pusimos en marcha.

Me dije que ahora más que nunca debía proteger a mis amigos de esa estúpida competición por los botones. «Tengo que ser más inteligente», pensé.

Pero fui.

44

Hacía calor y el día era neblinoso, la humedad densa, y en el aire pesaba el olor a quemado. Empezamos cruzando el puente viejo. La lluvia había provocado la crecida de las aguas, que bajaban borbotando y formando espuma, como si hicieran cabriolas. Avanzamos por la carretera en dirección este. Jurek iba delante, apresurándose, a saber por qué. La calzada no estaba lisa, sino surcada de fangosas marcas de rueda. Por todas partes se veían huellas de botas pesadas. En los campos que se extendían a un lado y a otro de la carretera no había nadie trabajando.

De vez en cuando, yo alzaba la vista hacia el oeste, como si esperase ver un aeroplano. Eso me hizo recordar el taca-taca-tac. «No lo escuches –me dije–. Mantén los ojos fijos en Jurek. Él es el peligro».

Cuanto más avanzábamos hacia el este, más se notaba el olor del fuego. Caí en la cuenta de que la bruma que flotaba por el aire en realidad era humo, con su olor acre y pesado.

—¿Y si hay rusos en el bosque? —dijo Raclaw.

—Nadie nos hará daño —dijo Jurek para tranquilizarnos. Como si él tuviera alguna idea de algo.

—A Drugi se lo han hecho —dije yo.

—Drugi no es muy listo —dijo Jurek por encima del hombro—. Se merecía unos azotes.

—No está bien decir cosas malas de los muertos —dijo Makary.

—No está muerto.

—Poco le falta.

—Quien desea la muerte acaba encontrándola —dijo Raclaw.

Seguimos adelante hasta que llegamos a un gran boquete en medio de la carretera. Ahí también había impactado una bala de cañón.

—Este no es el que vimos el otro día —dijo Raclaw tras observarlo.

—Está mucho más cerca del pueblo —dijo Makary mirando hacia la carretera—. Puede que los rusos no anden muy lejos. ¿Y si los vemos?

—Corred —dijo Jurek.

Nos reímos, pero era una risa nerviosa.

Permanecimos un rato en torno al boquete, contemplándolo como si tuviera que decirnos algo. No había nada excepto tierra, rocas y una charca de agua fangosa al fondo. Salvo Jurek, me parece que a ninguno de nosotros le apetecía seguir adelante.

—Vamos —dijo Jurek impaciente—. ¿Es que tengo que desafiaros también a esto?

Bordeamos el hoyo y seguimos caminando.

—¿Por qué habrán disparado aquí los rusos? —preguntó Makary.

—Quizá pensaban que los alemanes andaban cerca —dijo Jurek—. Habrán querido bombardearlos.

—Me pregunto qué se siente cuando te cae un cañonazo encima —dijo Raclaw.

—No te da tiempo ni a enterarte —dijo Makary.

—¿Alguna vez habéis pensado qué se siente al estar muerto? —pregunté.

Nadie contestó.

Durante un rato, Makary tomó la delantera. Cuando llegó a otro cráter en mitad de la carretera, no tuvo más opción que mirar adentro. Cuando lo hizo, ahogó un grito, se santiguó y balbució: «Santo cielo».

Vi que dos cuervos alzaban el vuelo.

Al fondo del hoyo había dos soldados, uno con el uniforme azul claro de los austríacos y otro con el de color verde oscuro de los alemanes.

Ambos estaban tendidos bocarriba, con la cabeza hacia atrás salpicada de barro, la boca abierta y el cuello retorcido. Unos hilillos de sangre veteaban el agua marronácea y sucia que los cubría hasta el pecho. Una mano, o por lo menos una zarpa con tres dedos, sobresalía del lodo como si quisiera aferrar algo. También asomaba el dedo de un pie. Uno de los soldados tenía los párpados abiertos, pero habría sido imposible que viera nada porque tenía las cuencas de los ojos vacías. Se los habían picoteado los cuervos. La cara del otro soldado —el austríaco— estaba cubierta de sangre reseca. Todavía llevaba la gorra puesta.

Raclaw se dio la vuelta y vomitó.

Los demás, horrorizados, permanecimos en silencio.

—¿Recuerdas la otra noche —dijo Jurek girándose hacia mí—, cuando los alemanes se fueron? Dejaron algunos soldados de guardia.

Yo no podía hacer más que asentir.

—¿Creéis que los alemanes saben lo que ha pasado? —preguntó Makary mirando hacia el pueblo como si quisiera estar ahí—. Creo que deberíamos avisarlos.

—Yo también —dije.

—Esa gorra es austríaca —dijo Jurek.

—¿Y qué? —dijo Raclaw.

—Pues que tiene botones, ¿no? —dijo Jurek—. ¿Alguien se atreve a arrancar uno?

—Eso es asqueroso —dije yo.

Jurek sonrió y empezó a bajar por el agujero, resbalando y deslizándose sobre el barro.

—¡No lo hagas! —grité.

—Tenemos un desafío pendiente, ¿no? —dijo Jurek sin detenerse, con cuidado de no meterse en el agua.

Los demás nos quedamos mirando. Yo envidiaba la audacia de Jurek.

Cuando estuvo lo bastante cerca del austríaco muerto, se agachó, alargó las manos, le quitó la gorra de la cabeza y la levantó en señal de triunfo. Luego cogió la gorra con la mano izquierda y con la derecha tiró con fuerza de uno de los botones.

Oí cómo se rompían los hilos.

—¡Mío! —gritó Jurek y arrojó la gorra, que se impregnó de agua fangosa hasta que se hundió.

Con el botón aferrado en el puño, Jurek trepó sonriendo para salir del agujero.

Aquello me hizo sentir náuseas.

Raclaw se frotó la boca con el reverso de la mano y dijo:

–Robar a los muertos es pecado.

–Ya te pareces a Ulryk.

–Me da igual –dijo Raclaw procurando no mirar al hoyo–. Además, llevar botones en la gorra es una tontería. Eso no es un botón. No cierra nada.

–Volvamos –dije.

Jurek frotó el botón con los dedos para que brillase más y se lo acercó a los ojos.

–Este es el mejor –anunció, mostrándolo para que lo viéramos todos.

El botón era más o menos del mismo tamaño que los otros, aunque este tenía la imagen de un pájaro sobre cuya cabeza había una corona. Tenía las alas completamente abiertas. Al igual que en el botón ruso, una de las garras sostenía una cosa redonda, y la otra, una espada.

–Parece una vara –dijo Jurek sonriendo.

Lo cierto es que era un botón formidable.

–He ganado –dijo Jurek.

–No, no has ganado –repliqué tratando de pensar algo con que pararle los pies–. Has dicho que volvíamos a empezar. Queda un día. Un día entero. Los demás todavía tenemos opciones.

–Servíos vosotros mismos –dijo Jurek señalando a los soldados muertos.

–Has dejado que la gorra se hunda a propósito –dije yo.

–Qué pena –dijo Jurek–. Me voy a echar un vistazo por el bosque.

Se guardó el nuevo botón en el bolsillo, bordeó el socavón y siguió caminando.

–¡No es justo! –le grité.

–Lo que tú digas –dijo Jurek.

–Voy con él –dijo Makary y lo siguió.

Raclaw también se fue y me dejó solo.

Me quedé donde estaba. «¿Debería ir o no? –me pregunté–. ¿Por qué quiere Jurek ir al bosque? ¿Y si por su culpa Makary y Raclaw se meten en un lío?».

Esforzándome por no mirar al fondo del agujero, seguí adelante aun sabiendo que todo aquello era un error.

45

No hubo que caminar mucho para llegar a la linde del bosque. O de lo que había sido el bosque. Todo estaba negro y gris. Y en silencio. A los pocos árboles que seguían en pie ya casi no les quedaban ramas. Por todas partes se veían tocones carbonizados y partidos como dedos rotos. Las ramas chamuscadas de los árboles se esparcían por el suelo mojado. Había montones de ceniza, charcos fangosos y rocas partidas de afilados cantos. Aquí y allá se abrían hoyos de gran tamaño de los que salían volutas de humo o vapor que propagaban un olor rancio por el aire. En algunos puntos, se veían aún rescoldos diseminados por el suelo, como unos ojos tristes y medio sepultados.

Nos quedamos de pie contemplando la escena sin dar crédito.

–Ha desaparecido todo –susurré yo, como si por algún motivo lo mejor fuera no alzar la voz.

–No queda donde esconderse –dijo Raclaw.

–No sé si quiero entrar –dijo Makary–. ¿Y si los rusos andan por ahí escondidos?

–¿Y dónde iban a esconderse? –dijo Jurek–. Los veríamos. Andando. No pasará nada.

–Creo que no deberíamos –dije yo.

–Tú nunca quieres hacer nada –dijo Jurek–. Siempre tienes miedo. Vamos a las ruinas.

–¿Para qué?

–Es el lugar de mis ancestros, ¿no?

Makary puso una mueca y miró al cielo.

–¿Cómo vas a encontrarlas?

–No te preocupes por eso. Vamos.

Jurek empezó a caminar como si conociera el camino. Poco después, Makary y Raclaw lo siguieron. Como quería demostrarle a Jurek que no tenía miedo, lo seguí también.

El suelo estaba tan enfangado que los pies se me hundían hasta el tobillo en la tierra mojada. Cada vez que sacaba el pie, se oía un ruido de succión. De algún modo, me recordaba al sonido que hacía mi madre cuando me besaba en la frente.

Seguimos caminando sin hablar, limitándonos a seguir a Jurek. Yo no dejaba de mirar a mi alrededor y al cielo mortecino. No sabía muy bien qué era lo que buscaba. Algún rastro de vida, quizá.

De repente, se oyó un crujido. Nos detuvimos y miramos hacia todos lados.

–Se habrá caído un árbol –dijo Makary, aunque era imposible saber cuál porque eran muchos los árboles caídos.

–¿Creéis que hay alguien por ahí? –musitó Raclaw.

–Puede –dijo Jurek, que seguía mirando como si buscase a alguien.

–¿Qué les habrá pasado a los animales y a los pájaros?
–dije yo.

–Habrán huido –dijo Jurek–. Lo que significa que estamos solos. ¡El bosque es mío! –gritó abriendo los brazos.

Sus palabras quedaron flotando en el aire como si no tuvieran adonde ir.

–Por mí puedes quedártelo –dijo Makary.

–Es que ya es mío. ¡Vamos!

Proseguimos la marcha.

Algo más adelante, reparé en el cuerpo quemado de un ciervo. Estaba hinchado, renegrido y rígido. Sus patas achicharradas estaban tan rectas como las de una silla.

–Mirad eso –dije señalándolo.

Raclaw lo miró y se hizo el signo de la cruz.

–Ulryk dice que los animales no tienen alma –dijo Makary.

–A lo mejor sí tienen –dijo Raclaw encogiéndose de hombros.

–Espero que sí –dije yo.

Continuamos caminando en fila india, con Jurek al frente.

–¡Ya veo las ruinas! –gritó señalando en su dirección.

A mí me daba la impresión de que no había más que una ruina. Todo lo que veía era una ruina.

Nos quedamos de pie entre las ruinas. El verde de las piedras había desaparecido. Ahora estaban negras. No obstante, la chimenea seguía en pie.

–Qué extraño –dijo Makary–. Todo se ha ido al suelo, pero esto, que ya estaba en mal estado, sigue aquí.

–Es verdad –dije yo–. Es la única cosa muerta que sigue viva.

–A lo mejor hay una bruja del bosque que la protege –dio Raclaw.

–¿Tú crees? –dijo Makary.

–He leído cosas sobre ellas –dijo Raclaw.

–A leer al colegio –dijo Jurek–. Solo que ya no hay colegio, así que puedes ir tirando las gafas.

Miré a mi alrededor. Tenía frío.

–Podríamos encender un fuego en la vieja chimenea –sugerí.

–¿Y cómo vas a encenderlo? –dijo Raclaw.

–Por ahí he visto rescoldos –dije.

Contentos por tener algo que hacer, nos pusimos a recoger ramas del suelo, muchas ya medio quemadas. Las amontonamos en el hueco de la chimenea.

–Voy a buscar fuego –dije–. ¿Alguien me acompaña?

Raclaw fue conmigo.

Cuando hubimos caminado un trecho, me paré y, bajando la voz, dije:

–¿Alguna vez has pensado que Jurek está loco?

–A veces.

–Me da miedo. No deberíamos hacer todo lo que dice. A Drugi le ha pasado lo que le ha pasado por culpa de los botones.

–Ya lo sé.

–Tenemos que decir basta.

Raclaw se paró y me miró.

–Tú no lo has hecho.

–Porque no quiero que gane.

–Sería cruel.

Vi que del suelo salía un hilillo de humo.

—Ahí.

Raclaw encontró una rama terminada en punta y se puso a remover el suelo con ella. Justo debajo de la tierra, encontró un pedazo de madera ardiendo. En cuanto lo desenterramos, la llama revivió.

—Si Ulryk estuviera aquí —dijo Raclaw—, diría que hemos encontrado el Infierno.

—Y quizá tendría razón —dije yo.

46

Busqué alrededor hasta que encontré un trozo de madera carbonizada. Utilizándolo como pala, extraje la brasa. Nos la llevamos hasta la vieja chimenea, la pusimos encima del montón de ramas y echamos más madera encima del carbón incandescente. Makary, de rodillas, se puso a soplar y las llamas prendieron enseguida. Nos sentamos los cuatro frente al fuego, con las rodillas levantadas, de cara a la fuente de calor. Volví a sentirme vivo.

–Deberíamos haber traído comida –dijo Jurek.

–Sí, alguna de las salchichas de Wojtex –convino Makary.

–Ese es como una vaca gorda y estúpida –dijo Jurek.

–¿Hay alguien que te caiga bien? –le pregunté.

–Yo –dijo Jurek echándose a reír.

Nadie dijo nada hasta que Makary comentó:

–Espero que Drugi esté bien.

–Ulryk ha ido a ver al cura –dije yo.

Nos quedamos en silencio mirando las llamas. No se oía

más que los chasquidos y el crepitar de la madera al quemarse. Yo estaba inquieto y deseaba no haber ido allí.

Sonó el ulular de una lechuza. Alzamos la vista y miramos en torno.

–Ya os lo he dicho –dijo Raclaw–. Este sitio está embrujado.

–¿Alguien ve la lechuza? –dijo Jurek.

Makary negó con la cabeza.

–Si canta dos veces más, yo me voy a casa –dije con la esperanza de que así fuera.

Esperamos. No volvió a ulular. Jurek se tapó la boca con las manos y se puso a imitarla.

Nos reímos. Una risa nerviosa. Yo estaba furioso conmigo mismo por ser tan débil, pero al mismo tiempo sentía más ganas que nunca de irme de allí.

–Creo que la lechuza trata de decirnos que nos vayamos –dije.

–El fuego no les hace nada. Son mágicas –dijo Makary.

–La magia no existe –dijo Raclaw.

De vez en cuando, yo miraba al cielo gris y a la muerte que se extendía en torno a nosotros. No dejaba de repetirme que debía irme, pero no lo hice.

De repente, Raclaw levantó la vista.

–Alguien viene.

Nos levantamos de un salto. Al instante, nos encontramos rodeados por soldados. Todos tenían fusiles en la mano y nos estaban apuntando.

47

Eran soldados rusos, quizá una docena. Entre ellos, reconocí al comandante Dmítrov. Todos llevaban puestos sus uniformes de color pardo, salvo uno, que se mantenía algo apartado y vestía un uniforme más oscuro.

Dmítrov nos miró y esbozó una sonrisa.

–Vaya, vaya, Jurek, me preguntaba cuándo vendrías.

Sorprendido, me giré hacia Jurek. Sonreía. Los rusos habían estado esperándolo, era evidente.

–Y vosotros también sois del pueblo, ¿verdad? –continuó el comandante–. Los chicos del surtidor, ¿no?

–Sí, señor –dijo Raclaw.

Dmítrov ordenó algo a los soldados, que de inmediato bajaron los fusiles.

Yo no dejaba de mirar a Jurek. Parecía complacido.

–Jurek ya sé por qué ha venido, pero ¿qué os trae por aquí a los demás?

–Queríamos ver qué había ocurrido con el bosque –dijo

Raclaw, que tampoco dejaba de mirar a Jurek, intentando, supongo, comprender qué estaba ocurriendo.

–No queda gran cosa, ¿verdad? –dijo el comandante–. Hemos hecho un buen trabajo, ¿no os parece? En fin, hablemos de cosas importantes –añadió girándose hacia Jurek–. Tu informe. ¿Los alemanes siguen en el pueblo?

–Sí, señor.

–¿Cuántos dirías que hay?

–Quizá unos cien –dijo Jurek–. Algunos son austríacos –añadió.

–¿Austríacos? –preguntó el comandante–. ¿Cuántos?

–Pocos.

Dmítrov se echó a reír.

–Como veis, nosotros también tenemos amigos –dijo señalando al soldado del uniforme oscuro, que seguía un poco apartado–. Ese hombre es inglés. Capitán del ejército inglés. Los ingleses son aliados nuestros.

Observamos al recién llegado. Lucía una gorra con visera. Debajo de la chaqueta marrón, vestía una camisa de color caqui con una corbata oscura. En el hombro y la cintura tenía unas correas de cuero. También llevaba una funda con la pistola. Me fijé en los botones relucientes de la chaqueta y me pregunté por qué se habría puesto corbata.

–Habla un poco de ruso –dijo Dmítrov–. Polaco no. ¿Sabéis por qué está aquí?

–No, señor –dijo Makary.

–Quiere ver lo valientes que son los soldados rusos.

El comandante se quedó pensativo, retorciéndose los extremos del bigote con el pulgar y el índice para dejarlos en punta.

A continuación, volvió a dirigirse a Jurek:

–¿Tienen ametralladoras los alemanes? ¿Cañones?

–Sí, señor –dijo Jurek.

–¿Cuántos?

–Dos ametralladoras montadas en carros –dijo Jurek–. Y los cañones, igual.

–¿Dónde se han instalado los oficiales alemanes? –preguntó Dmítrov.

–En la casa del juez –dijo Jurek.

El comandante nos miró a los cuatro, como tratando de decidir qué hacer. El resto de los soldados, aunque con las armas bajadas, seguían rodeándonos. Sus caras no reflejaban emoción alguna. El inglés mantenía las distancias.

–Muy bien –dijo Dmítrov–. Jurek, te prometí una recompensa.

Bajó la vista hacia su túnica, arrancó un botón y se lo tendió a Jurek.

Jurek sonrió henchido de satisfacción, como si hubiera hecho algo muy ingenioso, y lo recogió.

–Y ahora –continuó Dmítrov– voy a dejar que os marchéis. Cuando volváis al pueblo, necesito que les digas a los oficiales alemanes que tú y tus amigos habéis ido al bosque y que habéis visto a cuatro soldados rusos, ¿entendido? Solo cuatro.

–Sí, señor –dijo Jurek.

–¿Cuatro? –dije yo, consciente de que eran más de cuatro.

–Cuatro –dijo Dmítrov–. Ni uno más. ¿Lo haréis?

–Pero es que no son... –dijo Makary.

–Olvidad lo que habéis visto. Les diréis lo que acabo de deciros. ¿Entendido? Muy bien, pues. Andando. Y recordad: solo cuatro pobres soldados rusos.

–Sí, señor –dijo Jurek.

–Si no lo hacéis, sé quiénes sois y dónde encontraros. En el surtidor. La fuente de la juventud, ¿verdad? –Se echó a reír–. Si no hacéis lo que os he dicho, me enfadaré con vosotros. ¿Me he expresado claramente? Cuatro soldados rusos.

–Sí, señor –dijo Jurek.

–¿Quiere que apaguemos el fuego? –dijo Makary.

–Marchaos ya. Cuatro. Haced lo que os he dicho.

48

Los cuatro nos fuimos de las ruinas volviendo sobre nuestros propios pasos. Me giré. Los soldados rusos seguían de pie junto al fuego. El único que nos miraba era el soldado inglés. Miré a Jurek. No me prestó ninguna atención.

—Haces de espía para los rusos –le dije.

—Ellos querían información y yo quería botones.

—Harías lo que fuera por ganar, ¿verdad?

—Mejor eso que perder.

—¿Cuándo hablaste con ellos?

—Cuando llovía. Hay gente a la que le da miedo mojarse. –Al decir eso, me miró–. Me fui al bosque, que para algo es mío, ¿no? Esperaba encontrarlos ahí. –Miró el botón que acababa de darle Dmítrov. Arrugó el ceño y dejó de caminar–. Ya tengo uno como este –dijo asqueado y tiró el botón–. Todo para nada.

Makary le preguntó a Jurek:

—¿Por qué el comandante quiere que digamos que solo hay cuatro soldados, si en realidad hay más?

–Porque no sabe contar –dijo Jurek.

–Menuda chorrada –dije yo.

Jurek replicó en tono sarcástico:

–Vosotros sí sois chorras. ¿Es que no lo entendéis? Si los alemanes creen que solo hay cuatro rusos, vendrán a capturarlos. Y entonces los rusos les tenderán una emboscada.

–¿Una emboscada? –dijo Makary.

–¿Qué esperabais? –dijo Jurek–. Son las cosas que pasan en una guerra.

Después de eso, nos callamos y continuamos caminando, aunque más despacio que antes.

Fui yo quien dijo:

–Yo no quiero decírselo.

–¿Y la advertencia del comandante? –dijo Raclaw–. Ya lo has oído. Sabe quiénes somos. Si los rusos recuperan el pueblo, podrían... Tenemos que hacer lo que nos ha dicho.

–Vamos a ver –dijo Jurek–, ¿a ti qué más te da? Esto no va con nosotros. Si luchan, podríamos conseguir más botones. Y eso es lo que queremos, ¿no? Buenos botones. –Sacó el botón austríaco que le había quitado al soldado muerto y lo levantó–. Si no, gano yo.

–¿Sabes una cosa? –dije–. Estás loco.

Jurek se rio.

–Me gusta estar loco.

–¿Por qué? –le pregunté.

–Porque así nunca sabéis qué me propongo.

–Y si ganas la vara, ¿qué piensas hacer con ella? –le pregunté.

–Seré el rey –dijo él–. Aunque, ¿habéis visto la pistola del inglés? Preferiría ganarme eso.

–¿Y qué harías con ella? –preguntó Makary.

–Usarla –dijo Jurek.

Nadie habló hasta que yo dije:

–Tenemos que acabar con esta tontería de competición. Ya veis lo que le ha pasado a Drugi.

–Pero a lo mejor gano yo –dijo Makary.

–¿Lo ves? –me dijo Jurek–. Makary tiene razón. Solo es una tontería para el que pierde. Recordad: cuatro rusos. Si hacemos bien esto, me juego lo que queráis a que los rusos nos darán unos botones estupendos. O quizá los alemanes.

–¿De lado de quiénes estás tú, de los alemanes o de los rusos? –dije yo.

–Del mío.

–Tenemos que poner fin a esto antes de que alguien más salga malparado –dije.

Nadie dijo nada. Continuamos caminando hacia el pueblo.

49

La casa del juez era la más grande del pueblo y se encontraba en la calle principal, justo delante del surtidor. Constaba de tres pisos y estaba pintada de blanco. Cuatro peldaños daban acceso a la ancha puerta principal, flanqueada por dos grandes ventanas.

Cuando Jurek, Raclaw, Makary y yo nos acercamos, vimos que había dos soldados alemanes de guardia delante de los escalones. Llevaban puesto el casco con el pincho –con el número 136 en rojo– y sostenían el fusil cruzado delante del pecho.

Nos detuvimos a cierta distancia y nos quedamos mirándolos.

–Esto no es una buena idea –dije yo.

–Podría preguntarle a mi padre –sugirió Raclaw.

–Les hemos dado nuestra palabra, ¿sí o no? –dijo Jurek–. Ya habéis oído a Dmítrov; como vuelva, vamos a meternos en un lío.

–Solo somos niños. Puede que no nos hagan caso –dijo Makary en tono esperanzado.

–Ya hablaré yo –dijo Jurek–. Los cobardes podéis quedaros aquí.

Se adelantó y ocurrió lo mismo de siempre: lo seguimos. Cuando llegamos adonde estaban los soldados, nos quedamos frente a ellos en fila: cuatro chicos con la cara sucia, la gorra calada y las botas fangosas mirando a los soldados.

Fue Jurek quien dijo:

–Tenemos que decirles una cosa a sus oficiales.

–¿Ah, sí? ¿Qué cosa? –respondió en polaco uno de los soldados–. Habla.

Jurek nos miró a los demás –como para incluirnos en lo que iba a decir– y a continuación dijo:

–Acabamos de venir del bosque y hemos visto a unos soldados rusos. Eran cuatro.

–¿Qué? –exclamó el soldado–. ¿Dónde?

Jurek señaló al este.

–Allí. En el bosque.

–¿Muy lejos?

–Unos tres kilómetros. Quizá un poco más.

–¿Cuántos eran?

–Cuatro –dijo Jurek.

Los soldados intercambiaron una mirada incómoda. El que hablaba polaco le tradujo al otro lo que había dicho Jurek. Luego dijo:

–¿Estáis seguros de que eran rusos?

–Sí, señor –dijo Jurek–. Y uno de ellos era inglés.

–¡Inglés! –exclamó el soldado–. Esperad aquí.

El soldado entró corriendo en la casa. El otro se quedó.

—Esto no tiene buena pinta —dijo Raclaw, aunque no sé si me lo decía a mí o si se lo decía a sí mismo.

—¿Por qué les has dicho lo del inglés? —le pregunté a Jurek.

—Para que se pongan nerviosos.

El soldado alemán volvió a salir.

—Entrad —ordenó, invitándonos a subir con un gesto—. Aprisa.

—Más botones —dijo Jurek en voz baja.

50

Los cuatro –tres de nosotros muy nerviosos– cruzamos la puerta y nos encontramos en un amplio salón de techos altos. Había un escritorio tras el cual estaba sentado uno de los oficiales alemanes con una pila de papeles delante. Detrás de él había una puerta cerrada. Al otro lado del salón había otra puerta, también cerrada. Colgados en las paredes, había varios retratos con marcos dorados de hombres de edad avanzada vestidos de uniforme y con el pecho lleno de medallas. El oficial sentado a la mesa levantó la vista y dijo algo en alemán.

El soldado que hablaba polaco respondió también en alemán. Supuse que estaba explicándole lo que le habíamos dicho. Luego se volvió hacia nosotros y dijo:

–¿Dónde estaban los rusos?

–En el bosque.

–¿Qué hacíais ahí?

–Dando una vuelta –respondió Jurek enseguida.

–¿A qué distancia estaban?

–A un par de kilómetros –dijo Jurek–. Por ahí hay unas ruinas. Estaban ahí.

El soldado se lo tradujo al oficial.

El oficial se quedó observándonos un momento, como tratando de decidir si creernos o no. Yo esperaba que no. Luego bajó la vista y movió unos cuantos papeles que tenía encima de la mesa. Acto seguido, se puso en pie y le dio una orden al soldado. El oficial salió por la puerta y la cerró tras de sí.

–Vais a esperaros aquí –nos dijo el soldado.

Deseando más que nunca haberme quedado en casa, hice ademán de marcharme, pero el soldado que antes se había quedado fuera de la casa estaba ahora detrás de nosotros y nos cortaba el paso. No tenía adonde ir. Hecho un manojo de nervios, me quedé con los demás a esperar. Durante el rato que estuvimos ahí, observé los retratos de la pared y me pregunté quiénes serían aquellos hombres.

El oficial reapareció y le dijo algo al soldado. Este nos dijo:

–¿Alguno de vosotros sabe alemán?

Raclaw levantó la mano.

–Un poco.

–Bien –dijo el soldado en polaco–. Tú nos guiarás hasta el lugar donde habéis visto a los rusos.

–¿Yo, señor? –dijo Raclaw con la boca abierta y los ojos como platos.

–Ya iré yo –dijo Jurek en polaco.

–No, él –dijo el soldado señalando a Raclaw–. Es una orden. Ahora esperad fuera. No os vayáis.

Salimos y nos quedamos al pie de la escalera de entrada. Dos soldados alemanes salieron con nosotros para asegurarse de que no nos fuéramos. En cuanto hubimos salido, Wojtex llegó corriendo desde el surtidor.

–¿Dónde os habíais metido? –gritó.

–Estábamos en el bosque –dijo Jurek.

–No queda nada –dijo Makary.

–Pero hemos visto a los rusos –dijo Jurek–. Con el comandante Dmítrov.

–Y ahora –dijo Raclaw– los alemanes nos han dicho que tenemos que llevarlos adonde estaban los rusos.

Estaba al borde de las lágrimas.

–¿Para qué? –preguntó Wojtex.

–Para luchar con ellos y capturarlos –dijo Jurek.

–¿Y vais a ir? –preguntó Wojtex, atónito y con voz incrédula.

Nadie respondió hasta que Raclaw dijo:

–Yo no quiero, pero me obligan.

Jurek sacó su nuevo botón, el que le había quitado al soldado muerto.

–Mira lo que he encontrado. Es austríaco. Lo cual quiere decir que voy ganando.

Wojtex, sin hacer ningún caso del botón, dijo:

–¿Y si los rusos contraatacan?

–Eso es lo que se supone que debe hacer un soldado –dijo Jurek–. ¿Quieres ver mi botón o no?

–¿Sabéis qué? –dijo Wojtex–. Drugi ha muerto.

–¿Ha muerto? –dije yo.

Estaban ocurriendo demasiadas cosas. Empezaba a sentir pánico.

En ese momento, el oficial alemán salió de la casa del juez y le gritó algo a uno de los soldados, aunque señalándonos a nosotros. Luego volvió adentro a toda prisa.

El soldado al que se había dirigido se giró hacia nosotros.

–¡Esperad todos aquí!

Wojtex dijo:

–Yo no quiero más botones. Me voy a casa. ¿Alguno quiere este? –preguntó mostrando su botón ruso. Como nadie se ofrecía a cogerlo, se dio la vuelta para irse.

–¡Alto! –gritó uno de los dos soldados alemanes apuntando a Wojtex con el fusil e indicándole que se acercara.

–Pero…

El soldado dio un paso al frente, agarró a Wojtex por el brazo y lo arrastró hasta donde estábamos los demás. Mientras lo arrastraba, el botón ruso que tenía en la mano se le cayó al suelo.

El soldado lo vio, lo recogió y lo examinó. Luego empezó a gritarle cosas en alemán a Wojtex, que lo miraba desconcertado.

–Quiere saber de dónde lo has sacado –dijo Raclaw.

Wojtex, muy asustado, dijo:

–Me… me lo encontré.

Antes de que Raclaw pudiera traducírselo, el soldado alemán aferró a Wojtex por el brazo y se lo llevó al edificio.

–¡Avisad a mi padre! –gritó Wojtex–. ¡Avisad a mi padre!

La puerta se cerró de golpe tras él. Sucedió todo tan deprisa que no pudimos hacer más que ver cómo se cerraba la puerta.

–¿Qué van a hacer con él? –murmuró Makary.

–No le pasará nada –dijo Jurek.

—Tenemos que acabar con esto de los botones —dije yo.

—No podemos abandonar a Wojtex —dijo Makary.

En ese momento, veinte soldados alemanes llegaron corriendo a la casa del juez. Llevaban el casco puesto y el fusil a cuestas. Entre ellos estaba el que hablaba polaco.

El oficial con el que habíamos hablado salió de la casa con la pistola en la mano. Con ella señaló a Raclaw y luego hacia el este. Estaba claro lo que quería decir: indícanos el camino.

—¿Y Wojtex? —dije yo.

Nadie me prestó la menor atención.

51

Jurek, Makary, Raclaw y yo recorrimos la calle pegados los unos a los otros, si bien Jurek iba algo más adelantado, como si quisiera dirigir al grupo.

Miré por encima del hombro y repetí:

—¿Y Wojtex?

Nadie me respondió. Creo que estaban demasiado absortos en lo que estaba sucediendo.

De vez en cuando, yo seguía mirando atrás. Los soldados alemanes habían formado dos filas y marchaban unos diez metros por detrás de nosotros. Delante de ellos iba el oficial, pistola en mano.

Raclaw, balbuciendo en voz baja, le dijo a Jurek:

—¿De verdad... de verdad crees que es una... emboscada?

—Por supuesto.

—Pero... nosotros vamos delante.

—Si ves que va a ocurrir algo, sal corriendo a un lado. Y escóndete.

–Pero...

–Tú querías un botón mejor, ¿no?

–¡Esto no tiene nada que ver con los botones! –gritó Raclaw, cuya alteración aumentaba por momentos–. ¡Eres tú el que tiene una fijación con los botones! ¡Los demás no!

–Cállate –dijo Jurek.

El oficial alemán nos dio un grito y se puso los dedos en la boca para que nos callásemos.

Continuamos caminando por la carretera sin decir nada. Todo parecía desierto.

Yo tenía miedo a un posible ataque y no sabía adónde mirar más que adelante.

Pasamos por los dos hoyos de cañón y los rodeamos sin detenernos. Los alemanes tampoco se detuvieron, sino que se limitaron a dividirse y bordearlos.

Al llegar al tercer hoyo nos detuvimos y miramos abajo. Era imposible no hacerlo. Los soldados muertos seguían ahí. Una nube de cientos de abejas pululaba por la cara ensangrentada del soldado. Era como si llevara una máscara vibrante. El zumbido era tan fuerte que podía oírse desde lo alto del socavón.

Miramos a los alemanes y esperamos a que llegaran.

El oficial se acercó un poco y gritó algo.

Raclaw señaló el agujero. El oficial miró abajo. Al cabo de un momento, se giró hacia el soldado que hablaba polaco y le dijo algo. El soldado tradujo:

–Cuando vinisteis antes y visteis a los rusos, ¿los cadáveres ya estaban aquí?

Asentimos.

–¿Cuánto falta para llegar al sitio donde habéis visto a los rusos?

–Era en el bosque –dijo Jurek, señalando–. Faltará un kilómetro y medio.

–Por favor, señor... –dijo Raclaw, que tenía los dedos blancos de tanto apretarse las manos.

–¿Qué?

–Cuando hemos visto a los rusos, hemos reconocido a su comandante. Se llama Dmítrov. Vivía en el pueblo. Antes de que llegasen ustedes. Al vernos, nos ha dicho que... Que les dijéramos que eran cuatro soldados.

–¿Y?

–Pues... que eran... eran... eran más. Y había un soldado inglés.

El soldado se lo tradujo al oficial. El oficial palideció. Le espetó algo al soldado y este nos dijo:

–Entonces nos habéis mentido.

–Por favor, señor –dijo Raclaw agachando la cabeza–. Nos ha dicho que, si no lo hacíamos, nos castigaría.

El soldado le tradujo también eso al oficial. Sin previo aviso, el oficial se adelantó y le pegó una bofetada en la cara a Raclaw. Las gafas y la gorra le salieron volando. Yo di un brinco hacia atrás del susto. Raclaw cayó al suelo por la fuerza del golpe.

El oficial agarró a Raclaw por la camisa y lo puso en pie. Raclaw tenía una marca rojiza en la mejilla. Estaba llorando.

A través de su traductor, el oficial gritó:

–¿Cuántos eran? Quiero la verdad.

–D... doce –balbució Raclaw.

Yo me sentía como si tuviera el estómago lleno de gusanos.

–Y... y un inglés.

–¿Solo uno?

171

Raclaw asintió.

–¿No más de doce rusos? ¿Sí? ¿No?

–Sí –dijo Raclaw sollozando.

Trató de secarse las lágrimas, pero solo consiguió ensuciarse la cara. Los demás seguíamos ahí inmóviles, mirando sin saber qué hacer. Makary, que estaba a mi lado, temblaba. El soldado le dijo al oficial lo que había dicho Raclaw. El oficial alemán miró a sus hombres, como contándolos. Volvió a hablar con el soldado, que le dijo a Raclaw:

–Te pondrás delante de nosotros y nos llevarás adonde habéis visto a los rusos. Y sin hablar. ¡Ni media palabra!

El oficial empujó a Raclaw hacia delante.

Gimoteando aún, Raclaw se alejó a trompicones del hoyo con los soldados muertos.

Yo busqué sus gafas por el suelo, pero no las encontré. Sí vi la gorra y se la recogí.

El soldado se giró hacia mí, Jurek y Makary. Con la mano nos indicó que nos fuéramos.

–¡Marchaos a casa! –dijo en polaco–. ¡Marchaos!

52

Nos fuimos corriendo al borde de la carretera. El oficial –ahora en voz baja– ordenó algo a sus soldados, que rompieron filas y se situaron a un metro los unos de los otros. Con los fusiles en la mano, se encaminaron al bosque medio encorvados, como listos para agacharse. El oficial tenía la pistola en la mano. Jurek, Makary y yo nos quedamos a ver qué ocurría. Aunque los alemanes iban encabezados por su oficial, Raclaw era el que iba delante de todos. El oficial le daba golpes en el hombro –podíamos oírlos desde donde estábamos– para obligarlo a avanzar. Raclaw sollozaba con la cabeza gacha.

–Quiero saber qué le ha pasado a Wojtex –dijo Makary y echó a correr en dirección al pueblo.

–¿Algún cobarde más? –dijo Jurek clavando los ojos en mí.

Yo miré cómo Makary corría por la carretera y deseé haberme ido con él. Luego miré la gorra de Raclaw, que seguía en mi mano. No podía abandonarlo. Me quedé. Pero no miré a Jurek. Ambos nos quedamos viendo cómo los alemanes se internaban en lo que había sido el bosque. Raclaw ya se había perdido de vista.

—¿Qué le pasará a Raclaw? —pregunté.

—No lo sé —dijo Jurek—, pero quiero verlo.

Arrancó a correr por la carretera tras los alemanes. Yo lo seguí con el estómago cuajado de miedo.

Cuando llegamos a lo que había sido la linde del bosque, nos detuvimos. Se hacía difícil divisar a los alemanes. Avanzaban dispersos, fusil en mano, reptando entre los árboles quemados.

—Yo no sigo —dije.

Jurek caminó unos metros más y finalmente se paró él también.

Nos quedamos mirando. No había ni rastro de Raclaw, pero yo seguía apretando su gorra en la mano.

De repente hubo un fuerte estallido de disparos —pam, pam, pam—, seguido por lo que parecían un centenar de detonaciones más. Los disparos reverberaron y reverberaron hasta que cesaron al fin. Se hizo un silencio terrorífico.

53

Jurek y yo miramos al bosque sin ver nada.

–¿Qué... qué ha pasado? –susurré.

Una nube de pólvora pasó volando por encima de nosotros. Tenía un olor acre.

–Habrá habido batalla –dijo Jurek con los ojos muy abiertos.

Por primera vez, pensé que estaba asustado.

–Pero... ¿y Raclaw? –susurré.

–¡Ahí vienen! –gritó Jurek–. ¡Corre!

Jurek partió a la carrera en dirección a un campo de cultivo. Yo no llegué a ver qué era lo que había visto, pero por puros reflejos corrí con él. En pocos segundos, nos encontramos en medio de un campo de centeno. Una vez ahí, nos agachamos todo lo que pudimos, con las mejillas pegadas a la tierra húmeda. El corazón me latía tan fuerte que me dolía. Me costaba respirar. Al cabo de un momento, oí las pisadas de unos pies a la carrera; parecían varias personas.

Me quedé inmóvil, esperando a que todo quedase otra vez en silencio.

—No te levantes —dijo Jurek—. Voy a echar un vistazo.

—¡Ten cuidado!

Se dio la vuelta para ponerse de rodillas, agachado todavía. Luego apartó las espigas de centeno con las manos, como si abriera una cortina, y asomó la cabeza.

—Nada —dijo. Cuando se hubo puesto de pie, añadió—: Los alemanes están corriendo hacia el pueblo. Solo son seis y llevan a otro a cuestas.

—¿Y Raclaw?

—No lo veo.

Me levanté justo a tiempo para ver cómo los últimos alemanes corrían en dirección al pueblo. Luego me giré hacia el bosque, pero no pude creer lo que veía: un grupo de soldados rusos —unos doscientos—, corrían fusil en mano en persecución de los alemanes. El comandante Dmítrov iba delante, con la pistola desenfundada.

—¡Agáchate! —grité y me eché al suelo.

Jurek se agachó también.

—¿Qué ocurre? —susurró.

—¡Los rusos! Son cientos. Están persiguiendo a los alemanes.

—Lo sabía —dijo—. Era una emboscada.

Escuchamos el ruido de los perseguidores, que pasaron como una manada de caballos al galope.

Yo no me atrevía a moverme.

Después, todo volvió a quedar en silencio. Tras esperar un momento, nos levantamos despacio. Cuando volvimos a mirar a la carretera, no se veía ni rastro de soldados rusos ni alemanes.

–¿Adónde crees que han ido? –dije.

–A por los alemanes. Intentarán recuperar el pueblo.

–¿De verdad era... una emboscada?

–Segurísimo.

–Y nosotros... hemos dejado que ocurriera –dije.

–No es asunto nuestro –dijo Jurek–. Además, nos han obligado.

Yo negué con la cabeza.

–Todo por los botones –dije.

Jurek se encogió de hombros.

Salimos del campo, llegamos a la carretera y miramos hacia el pueblo. No se veía a nadie, pero desde esa dirección empezaron a oírse disparos. De repente, hubo una explosión. Una columna de humo negro se alzó por el aire.

–¿Qué... qué crees que ha pasado?

–Voy a averiguarlo –dijo Jurek. Dio unos cuantos pasos, se paró y, dándose la vuelta, me preguntó–: ¿Vienes?

–¿Y qué pasa con Raclaw? Quizá nos necesita. Podría estar herido.

–Sabe cuidarse solito –dijo Jurek. Volvió a ponerse en marcha, pero al instante volvió a detenerse–. ¿Vienes o qué?

–Tengo que encontrar a Raclaw.

–¡Seguro que está bien! –gritó Jurek y echó a correr hacia el pueblo.

Yo me quedé mirándolo mientras se alejaba y luego me di media vuelta, hacia el bosque. No me agradaba la idea de ir solo, pero tampoco quería abandonar a Raclaw.

Arrugué su gorra entre las manos.

Finalmente me decidí y empecé a caminar hacia el bosque, al principio deprisa, luego más despacio, hasta que acabé parándome. Eché la vista atrás por encima del hombro. Ya no se veía a Jurek. Seguí caminando hacia el bosque. Estaba temblando. Casi podía oír a mi padre diciendo que había que ayudar a los más débiles.

–¡No quiero ser fuerte! –grité sin que nadie pudiera oírme.

Eché una última mirada en dirección al pueblo y continué caminando hacia el bosque.

54

Habían pasado muchos soldados. El fango estaba lleno de pisadas de botas. El bosque presentaba el mismo aspecto que antes: quemado, desnudo. Los únicos colores que se veían eran distintas tonalidades de gris y negro. El aire olía a podrido. El silencio era absoluto. Nada parecía estar vivo. Era como si el mundo entero hubiera muerto.

Mientras estaba ahí de pie, con la gorra de Raclaw aferrada entre las manos, caí en que no tenía la menor idea de dónde encontrarlo, ni siquiera sabía si lograría dar con él. «¿Y si se ha escondido? ¿Y si los alemanes se lo han llevado al pueblo sin que nos hayamos dado cuenta? ¿Y si lo han fusilado? ¿Y si está herido? O muerto...».

Solo se me ocurría un sitio adonde ir: las ruinas.

Mientras miraba a mi alrededor tratando de decidir por dónde ir, la palabra «emboscada» no dejaba de resonar en mi cabeza. Avancé con cuidado, siguiendo las pisadas.

Llegué hasta el cuerpo de un soldado alemán. Estaba tendido bocabajo en una zona de barro y ceniza. Ahogué un grito, me paré y me santigüé.

Al principio tenía tanto miedo que no podía hacer otra cosa que mirarlo. Tardé unos instantes en poder moverme y acercarme al cuerpo. En ese momento vi que en la espalda tenía un agujero de bala del que salía un fino hilo de sangre aún líquida y reluciente.

Me agaché a su lado.

—¿Señor? —susurré, sintiéndome estúpido al decirlo.

Como no reaccionaba, me incliné hacia delante y le tiré de una de las mangas. Al ver que seguía sin moverse, tiré más fuerte.

Nada.

Exhalé sin darme cuenta de que durante todo ese tiempo había estado conteniendo la respiración. No podía dejar de mirar al soldado, tratando de entender lo que había ocurrido. «¿Quién será?». Por el uniforme, sabía que era alemán, pero nada más. Entonces, al ver que tenía la pistola en la mano, deduje que era el oficial que había golpeado a Raclaw.

Lo único que podía pensar era: «Hasta hace nada, estaba vivo y yo lo odiaba. Y ahora que está muerto, lo lamento». No podía comprender mis propios sentimientos.

Miré a mi alrededor como si la respuesta tuviera que estar por allí, a la vista. Vi a otros dos soldados alemanes en el suelo. También parecían estar muertos. Era como estar en un cementerio donde los cuerpos aún no han sido enterrados. Me costaba respirar.

Hice el signo de la cruz sobre el oficial muerto imitando los movimientos que le había visto hacer al padre Stanislaw durante el funeral de Cyril. Repetí el gesto con los dos soldados muertos.

Me levanté. Quería irme a casa, pero seguí buscando las ruinas. No podía dejar de pensar: «¿Y si encuentro más cuerpos? ¿Y si hay soldados escondidos? ¿Y si me disparan? ¿Hasta dónde debería ir? ¿Dónde está Raclaw?».

–¡Raclaw! –grité–. ¡Raclaw!

No se oía ni el eco.

Me obligué a seguir caminando. Era como si me adentrase cada vez más en el silencio.

Para mi alivio, finalmente divisé la chimenea de las ruinas, aunque tuve que detenerme para asegurarme de que era eso y no otro árbol destrozado. Avancé despacio, con la respiración entrecortada. Cuando llegué al primero de los antiguos muros, me paré y miré alrededor.

En medio de las ruinas estaba tendido el cuerpo de otro soldado. Estaba retorcido como un muñeco de trapo que alguien hubiera arrojado al suelo. El cuerpo estaba bocarriba, tenía la chaqueta hecha jirones, con la piel a la vista, desgarrada y manchada de sangre. Lo miré, pero no sentí ninguna emoción. Estaba acostumbrándome a los muertos.

Tardé unos instantes en caer en la cuenta de que era el soldado inglés, el que estaba con los rusos, el que había ido allí a ver lo valientes que eran. Lo reconocí no solo por el uniforme, sino porque todavía llevaba puesta la corbata. «¿Por qué demonios se la habrá puesto?», me pregunté.

Debajo de él, apenas visible, distinguí la culata de su pistola. Vi también que, colgando de un hilo de la chaqueta hecha trizas, había un botón dorado. Era como un rayo de sol en mitad de aquel lóbrego paisaje.

«Déjalo –me dije–. Aunque podría ser de los buenos –pensé entonces–. Sería el único botón inglés. Si te lo llevas, habrás ganado de calle. Es imposible que Jurek supere esto».

Aunque la conciencia me remordía, avancé hacia el cuerpo, dudé, me agaché y le arranqué el botón, que cayó en mi mano como una mora madura.

Lo examiné. Era de los buenos, estaba pulido y nuevo, y en él se apreciaba claramente la imagen de un cañón antiguo con ruedas. «A mi padre le gustarían estas ruedas», pensé. Encima del cañón, había una corona.

Entonces, por el rabillo del ojo, vi a Raclaw.

55

El corazón me dio un vuelco.

Estaba sentado en el suelo, recostado en uno de los viejos muros de piedra. No se movía, tenía los ojos cerrados y los brazos caídos a los lados, con las palmas hacia arriba. El moratón que le había hecho el oficial alemán al golpearlo resultaba claramente visible en su pálido rostro, como una cicatriz rojiza.

Lo primero que pensé fue: «Está muerto».

Aterrorizado, me acerqué un poco más.

–¿Raclaw...? –susurré.

Fue un gran alivio ver que sus párpados temblaban y se abrían. Me miró con los ojos como extraviados.

–Soy yo –dije con la voz quebrada–. Patryk. –Al ver que no contestaba, le pregunté–: ¿Sabes quién soy?

–P... Patryk.

–¿Te han... te han disparado?

Con la mano derecha hizo un leve gesto hacia el brazo izquierdo. Me bastó con eso para ver que tenía la manga manchada de sangre.

–Te he traído tu gorra –dije poniéndosela delante de la cara. Él no reaccionaba, pero de todos modos se la puse en la cabeza. Le quedó torcida.

–¿Tienes... tienes agua? –dijo con un hilo de voz.

Yo negué con la cabeza.

–¿Qué ha ocurrido? –le pregunté.

–Lo que Jurek había dicho. Una... emboscada de... de los soldados rusos. Eran muchos.

–¿Han sido los rusos quienes te han disparado?

Asintió moviendo apenas la cabeza y cerró los ojos, como si mantenerlos abiertos le costara un gran esfuerzo. Luego dijo:

–Pensaba que no... que no iba a venir nadie. ¿Tienes mis... gafas?

–No las he encontrado. ¿Qué le ha pasado al soldado inglés?

Raclaw no parecía saber de quién le estaba hablando.

–¿Puedes caminar? –le pregunté.

–No estoy seguro.

–Yo te ayudo.

–No veo bien.

Mientras pensaba qué podía hacer, y sin saber muy bien de quién debía tener más miedo, si de los rusos o de los alemanes, eché un vistazo alrededor. «¿Y si nos atacan? –pensé–. ¿Qué vamos a hacer?».

Miré el cuerpo del soldado inglés y luego volví a mirar a Raclaw. Todavía tenía los ojos cerrados.

Regresé adonde estaba el inglés y saqué la pistola de debajo de su cuerpo, diciéndome que al menos así podría intentar defenderme si nos atacaban. No sabía si la pistola tenía balas, y, aunque las tuviera, tampoco sabía utilizarla. Solo sabía que había que apretar el gatillo.

Mientras me guardaba la pistola en el bolsillo del pantalón, volví junto a Raclaw esperando que no hubiera visto lo que acababa de hacer.

Me puse en cuclillas y le coloqué bien la gorra. Luego rodeé su cintura con el brazo e intenté levantarlo.

Raclaw dejó escapar un leve gemido, abrió los ojos y se levantó hasta que más o menos pudo mantener el equilibrio. Resoplando, se apoyó sobre mí. Por unos instantes, nos quedamos juntos, él descansando y yo procurando evitar que se desplomase.

–Los rusos están persiguiendo a los alemanes –dije–. Creo que ha habido combates en el pueblo. Al soldado inglés... lo han matado, pero... he conseguido un botón. Es de un cañón con ruedas. Y encima del cañón hay una corona. –Nada de eso parecía importarle, pero de todos modos añadí–: Te lo pongo en el bolsillo. Así ganarás el desafío.

–Quiero... quiero irme a casa.

–Allá vamos –dije–. Avísame si necesitas que paremos. Andando.

56

Nos llevó un buen rato salir del bosque. Caminábamos un trecho, hasta que Raclaw decía: «Paremos». Entonces parábamos, él respiraba hondo y al cabo de un rato decía: «Ya está». Creo que, cuando pasamos al lado de los soldados muertos, Raclaw ni siquiera se dio cuenta.

Ya en la carretera, la tónica fue la misma: avanzábamos un trecho hasta que Raclaw decía que estaba cansado. Nos deteníamos. Él se quedaba quieto, con la cabeza gacha, los ojos cerrados, respirando profunda y lentamente.

Yo no dejaba de mirar la carretera, temeroso de que pudieran aparecer los soldados.

–¿Cuánto falta? –preguntó varias veces.

Mi respuesta siempre era la misma:

–Poco.

En un momento dado, se detuvo y dijo:

–Fue mi padre.

–¿Qué pasa con tu padre?

–Les envió un mensaje... a los alemanes...

–¿Para qué?

–Para avisar a los alemanes de que los rusos... iban a marcharse.

–¿Por qué lo hizo?

–Odia a los rusos. Por eso... por eso vino... el avión alemán.

Aquello me dejó estupefacto. No sabía qué decir.

Seguimos adelante sin hablar. Al caminar, notaba el bulto de la pistola del soldado inglés contra mi pierna. Me daba miedo mirarla y me arrepentía de haberla cogido, pero no sabía qué hacer. A cada momento me decía que lo mejor era deshacerme de ella, pero no quería que Raclaw la viese. A pesar de que la carretera estaba solitaria, temía que alguien pudiera aparecer y verme con ella en la mano. Temía que alguien –quienquiera que fuera ese «alguien»– me tomara por un soldado y me disparase.

La pistola se quedó en mi bolsillo.

Tampoco tenía mucha importancia: en todo el tiempo que caminamos por la carretera, no nos cruzamos con nadie. Ni siquiera vimos a nadie trabajando en los campos por los que pasamos. El olor a quemado seguía flotando en el aire, pero el cielo estaba azul y los pájaros volaban.

A algo más de un kilómetro del pueblo, vi a unos cuantos soldados en la carretera. Eran cuatro, todos con fusil. Rusos. En cuanto los vi, me paré. Quería deshacerme de la pistola, pero ya nos habían visto. No tuve más remedio que quedármela.

Seguimos avanzando. Cuando llegamos adonde estaban, nos detuvimos.

–¡Eh, vosotros! –gritó uno de los soldados en ruso–. ¿Qué estáis haciendo aquí?

–Vivimos en el pueblo. Mi amigo ha recibido un disparo –dije yo.

–¿Cómo ha ocurrido?

–No lo sé. Lo he encontrado así.

Los soldados intercambiaron miradas, como tratando de decidir qué hacer. Entonces uno de ellos hizo un gesto con la mano.

–Pasad –dijo–. Pero a partir de ahora necesitaréis permiso para entrar y salir del pueblo.

–Sí, señor.

Seguimos caminando. La tarde iba cayendo. Empecé a preguntarme qué nos encontraríamos al llegar al pueblo.

57

En la entrada oriental del pueblo vi los primeros signos de violencia y destrucción. Ventanas rotas. Puertas derribadas. Boquetes en algunas casas. Dos edificios se habían derrumbado y parecían nidos de pájaro aplastados. La gente del pueblo, con la cara sucia y los ojos llenos de dolor, deambulaba entre los escombros hurgando bajo los maderos astillados. Vacilaban, como temerosos de lo que pudieran encontrar.

No vi a ningún soldado alemán, pero sí a muchos rusos. También había algunos soldados con unos uniformes que no había visto hasta entonces: guerrera azul y pantalón rojo. No tenía la menor idea de quiénes eran. La gente del pueblo los evitaba, moviéndose con cautela y lanzándoles miradas recelosas.

Los rusos iban armados, pero no parecían inquietos ni predispuestos a combatir. Muchos estaban sentados en el suelo, descansando. Otros, de pie, formaban corros y conversaban entre sí. Fumaban cigarrillos. No nos prestaron ninguna atención. Ni ellos ni nadie. Las hostilidades parecían haber terminado, al menos por el momento.

Pasamos junto a una casa delante de la cual había un carro enganchado a un caballo. La gente estaba cargando muebles en el carro. Obviamente, se disponían a irse. Me pregunté si mis padres estarían haciendo lo mismo. ¿Les habría ocurrido algo? «¿Adónde –me pregunté–, adónde iríamos? ¿Adónde podíamos irnos?». Y entonces pensé: «No sé nada del mundo de fuera».

Llegamos al puente. Solo que el puente ya no estaba. Ahora no era más que un revoltijo de maderas partidos y desperdigados por el lecho del Río. El agua –todavía alta por la lluvia– bajaba rugiendo entre los escombros y empujaba parte de los restos corriente abajo.

A ambos lados del Río se veían unos postes rotos que hasta entonces habían servido para sostener el puente. La gente del pueblo estaba de pie en las orillas, mirando como si no pudieran creer lo que veían.

–El puente ha desaparecido –dije sosteniendo aún a Raclaw, aunque no estoy seguro de que entendiera lo que acababa de decirle–. ¿Qué ha ocurrido? –le pregunté a una mujer que andaba cerca. Era la señora Wukulski, la panadera, una mujer corpulenta, de brazos gruesos y cara redonda como una hogaza de pan.

–Los alemanes se han ido corriendo, perseguidos por los rusos, pero han volado el puente.

–Pero... ¿por qué?

La mujer se encogió de hombros.

–Para cortarles el paso.

–¿Adónde se han ido?

–Al oeste –dijo ella señalando con su mano pecosa.

–Quiero irme a casa –susurró Raclaw.

La señora Wukulski lo miró como si acabara de reparar en él.

–¿Es Raclaw? ¿El chico del abogado?

Asentí.

–¿Qué le ha pasado?

–Le han disparado.

–¿Quién?

–Los rusos. Estoy tratando de llevarlo a su casa.

La señora Wukulski debió de verme totalmente desorientado, porque dijo:

–Tengo que ir en esa dirección. Lo cargaré hasta la otra orilla.

Me giré hacia Raclaw. Apenas se tenía en pie y miraba en dirección al Río. No tengo ni idea de qué debía de ver.

–La señora Wukulski te cargará para que podamos cruzar.

Raclaw asintió moviendo levemente la cabeza.

La mujer se agachó, levantó a Raclaw con sus enormes brazos y lo abrazó contra su pecho. Avanzando de lado, descendió por el terraplén afianzando los pies sobre la pendiente. Yo la seguí.

Cuando llegó a la corriente, continuó avanzando. El agua se arremolinaba en torno a su vestido y sus piernas. Yo procuraba no rezagarme, temblando por culpa del agua fría.

Vadeamos el Río despacio. La señora Wukulski tanteaba el fondo con los pies para contrarrestar la presión de la corriente. De vez en cuando tenía que detenerse para no perder el equilibrio.

Raclaw, con los brazos colgando, trataba de mantener la cabeza en alto.

A mí el agua me llegaba por la cintura. Bajaba con fuerza y los pies me patinaban.

Ya al otro lado, la señora Wukulski se las vio para remontar la empinada y resbalosa cuesta con Raclaw en brazos. En un momento dado, estuvo a punto de caerse hacia atrás. Por suerte, pude correr y ayudarla a subir, empujándola desde atrás.

Cuando llegamos a lo alto del terraplén, Raclaw estaba seco, pero la señora Wukulski y yo estábamos empapados.

–¿Dónde está Patryk? –preguntó Raclaw.

–Estoy aquí –dije yo.

La señora Wukulski bajó a Raclaw al suelo.

–Gracias –le dije.

Con Raclaw aferrado nuevamente a mi brazo, seguimos caminando hacia su casa. Para ello, tuvimos que abrirnos paso entre los grupos de soldados rusos. Nadie nos hizo el menor caso. Vi uno de los carros de ametralladoras de los alemanes; había sido volcado y el arma estaba rota. Vi también dos cuerpos en el suelo. Parecían muertos, pero estaban tan cubiertos de barro que resultaba imposible saber a qué ejército pertenecían. Entonces me di cuenta de que uno de ellos era un niño. Estaba tendido bocabajo sobre el fango, de modo que no había forma de saber quién era. Nadie parecía prestarle atención y a mí me daba miedo detenerme.

Raclaw vivía en la calle principal, en una de las mejores casas del pueblo, una construcción de ladrillo de dos pisos pintada de blanco. Cuando llegamos, me fijé en que una de las ventanas estaba rota. También vi unos orificios en la pared; luego me di cuenta de que eran agujeros de bala. Las balas habían hecho saltar la pintura blanca y habían dejado a la vista el ladrillo, rojo como una herida.

Él solo —así me lo pidió— subió de uno en uno los dos peldaños de piedra que conducían hasta la gran puerta principal. Trató de abrirla, pero no pudo. Tras inspirar profundamente, la golpeó con el puño. Su madre abrió la puerta.

—¡Raclaw! —gritó, e inmediatamente lo estrechó entre sus brazos y lo metió dentro de casa.

Después de eso, la puerta se cerró de sopetón.

58

Como estaba agotado, me quedé delante de la casa de Raclaw. Durante un rato, pensé en volver a llamar a la puerta para pedirle a Raclaw que me devolviera el botón que le había dado, pero la idea me incomodaba. Además, tenía que ir a casa a ver qué había sido de mis padres.

Cuando me di la vuelta, un pequeño grupo de soldados rusos pasó frente a mí. En ese momento me acordé de la pistola que todavía llevaba en el bolsillo del pantalón. Su presencia resultaba incómoda, evidente y peligrosa. Quería, necesitaba deshacerme de ella.

Lancé una mirada hacia el pedestal del surtidor y sentí alivio al no ver allí a ninguno de mis amigos. No quería que supieran nada de la pistola.

Pensando qué hacer con ella, me fui para casa.

Cuando llegué, todo parecía estar como siempre. Con todo y con eso, no me atrevía a abrir la puerta. No cabía duda de que el soldado alemán se habría ido, pero ¿y si en su lugar había ahora un soldado ruso?

Rodeé la casa y entré en el taller de mi padre. No estaba. Mi madre tampoco estaba en la cocina. Me quedé ahí, dando vueltas a dónde podían estar. ¿Debía salir a buscarlos o quedarme en casa? Al final, decidí esperar. Eso de preocuparme por mis padres era algo que no me había ocurrido nunca.

Subí por la escalera hasta mi estante de dormir. Una vez ahí, abrí mi cajita de madera y me saqué la pistola del bolsillo. Era pesada y estaba mojada por el agua del Río, lo que me hizo preguntarme si funcionaría aún. Como lo único que quería era perderla de vista, la guardé en la cajita y cerré la tapa, seguro de que mis padres –y, para el caso, nadie más– nunca mirarían ahí.

Aunque estaba exhausto, me sentía en la obligación de esperar a que mis padres volvieran. Me tendí sobre el estante y me puse a pensar en todo lo que había ocurrido. La emboscada de los rusos. Raclaw. El camino de regreso. Las casas derruidas. Todo aquello resultaba confuso y horrible. Eran tantas las cosas que no entendía... De pronto, empecé a oír en mi cabeza el taca-taca-tac del aeroplano.

–Por favor, déjame en paz –susurré.

Me acordé de la competición de los botones. Tal y como yo lo veía, el botón inglés tenía que ser el mejor. Y lo tenía Raclaw. Lo cual quería decir que la competición estaba decidida. Lo cual, a su vez, quería decir que Jurek no se quedaría la vara.

Mis preocupaciones se disiparon.

Traté de esperar despierto a que volvieran mis padres, pero estaba tan cansado que me quedé dormido.

59

Dormí toda la noche, me desperté, me incorporé y miré hacia la cocina. Por la luz supe que era por la mañana. Mi madre estaba sentada a la mesa, cortando patatas y metiéndolas en la cacerola que siempre tenía puesta al fuego. Al oír que me desperezaba, dejó lo que estaba haciendo y me miró.

–Nos tenías preocupados. ¿Dónde estabas ayer?

–Con mis amigos.

–¿Dónde?

–Por ahí.

–Tienes que decirnos adónde vas.

–De acuerdo.

Pensé en explicarle todo lo que me había sucedido, pero como sabía que eso la alarmaría, no dije nada. Luego miré hacia la cajita de madera –con la pistola dentro– y supe que tampoco debía decirle nada sobre eso.

–¿Has visto? –me dijo–. Los alemanes se han ido. Y los rusos han vuelto.

Asentí.

–Hubo enfrentamientos terribles en la calle. Las balas silbaban por todas partes. Hubo muertos. No solo soldados. Destruyeron varias casas. ¿Lo viste?

–Sí.

–Nos tenías tan preocupados... Tienes que decirnos siempre adónde vas.

–Te lo prometo.

–Dios quiera que esto se acabe aquí –dijo–, pero quién sabe. –Dejó el cuchillo y se frotó las manos–. Hasta caminar por la calle se ha vuelto peligroso.

–¿Quieres que vaya a buscar agua?

–Ya tengo. Por cierto, la familia de tu amigo Raclaw se va del pueblo.

–¿Cómo lo sabes?

–Alguien me lo ha dicho cuando he ido a buscar agua.

¿Qué sería de ellos? Quizá debía ir a casa de Raclaw a buscar el botón.

–¿Y nosotros también nos iremos? –pregunté.

–Puede ser.

–¿Adónde?

Mi madre sacudió la cabeza.

–Tu padre lo decidirá. Supongo que al este.

–El puente ya no está.

–Entonces al oeste. Aparentemente da lo mismo.

–¿Cuánto he dormido?

–Toda la noche. ¿Comiste?

–No.

–Ahora te preparo algo.

Tomó una hogaza de pan y cortó una buena rebanada.

Luego sirvió un poco de sopa en una taza de estaño y la puso encima de la mesa.

–Tu padre ha salido a ver si averigua qué está ocurriendo. Han destruido tantas cosas... Anda, baja y come –dijo poniendo una cuchara de estaño sobre la mesa.

Yo bajé del estante.

–¿Estabais aquí cuando volvieron los rusos? –pregunté.

–Estábamos escondidos en el taller –dijo ella–. Cuando vimos que las cosas empeoraban, nos fuimos corriendo al campo. Prométeme que no volverás a desaparecer como ayer. Nos tenías muy asustados. Tenemos que estar juntos.

–Lo siento.

–Se dice que mataron a varios alemanes, pero se los llevaron. ¿Tú con quién estabas?

–Con mis amigos.

–¿Con Jurek?

Asentí.

Mi madre frunció los labios y dijo:

–Ese niño es una mala influencia. No te acerques a él.

Comí un poco de sopa con el pan y empecé a sentirme mejor.

–Tienes que hablar con tu padre. Supongo que no tardará en volver.

Pero, en cuando hube terminado de comer, dije:

–Vuelvo enseguida.

Y antes de que mi madre pudiera decir nada, yo ya había salido corriendo por la puerta en dirección a la calle principal.

60

Me encaminé al surtidor zigzagueando entre los soldados rusos. Jurek, Makary y Ulryk estaban ya ahí. En cuanto me vieron, Makary gritó:

–¿Encontraste a Raclaw?

–Sí, en las ruinas. Le habían disparado.

–¿Quién le disparó? –preguntó Jurek.

–Los rusos.

–¿Por qué?

–Tú también estabas. Los alemanes lo obligaron a entrar en el bosque. Entonces vino la emboscada. Yo lo llevé a su casa.

–Hemos ido a su casa –dijo Ulryk–. No quieren hablar con nosotros. ¿Está grave?

–Creo que se pondrá bien –dije encaramándome al pedestal y ocupando mi puesto habitual–. ¿Os acordáis del soldado inglés al que vimos con los rusos? Estaba cerca de donde encontré a Raclaw. Lo habían matado. Los alemanes, supongo. Le hice el signo de la cruz.

—No estoy seguro de que tú puedas hacer eso –dijo Ulryk.

—Pues lo hice.

—Raclaw tiene suerte –dijo Makary–. Aquí murieron un montón de soldados. Daba miedo. Mi familia huyó a esconderse.

—La mía también –dije yo.

Jurek dijo:

—Los rusos llegaron por un lado y los alemanes se marcharon por el otro. Nada de esto tiene que ver con nosotros. La lucha es entre ellos. ¿Habéis visto lo que ha pasado con el puente?

—Cuando Raclaw y yo volvimos, tuvimos que vadear el Río –dije yo.

—¿Te has enterado? –dijo Ulryk girándose hacia mí–. Drugi se ha muerto.

Nadie abrió la boca hasta que yo dije:

—Me caía bien.

—Espero que alguien se haya cargado a ese soldado austríaco –dijo Makary.

—¿Creéis que volverán los alemanes? –preguntó Ulryk.

Yo estuve a punto de decir: «Pregúntale al padre de Raclaw», pero no lo hice.

—La gente dice que sí –respondió Makary–. No quiero estar aquí cuando eso ocurra.

—Mi madre me ha dicho que la familia de Raclaw se va del pueblo.

Por un instante, volví a sentir la tentación de explicarles lo que Raclaw me había dicho de su padre: que había sido él quien les había dicho a los alemanes que los rusos se preparaban para irse. Y que por eso había aparecido el aeroplano.

–El padre Stanislaw está rezando para que los soldados se marchen –dijo Ulryk.

–Que Dios lo oiga –dijo Makary.

–Debe de estar ocupado –dijo Ulryk.

Nos quedamos en silencio, cada cual ensimismado en sus propios pensamientos, hasta que Jurek sacó el botón austríaco que había arrancado de la gorra del soldado muerto.

–En fin, supongo que he ganado –dijo sosteniendo el botón en la palma de la mano.

–¿Que has ganado qué? –dijo Ulryk.

–El desafío de los botones.

Sus palabras me cayeron como un puñetazo.

–No, ni hablar –dije–. Raclaw tiene el mejor botón. Es inglés.

Se lo describí.

–Suena fenomenal –dijo Makary.

–¿Cómo lo consiguió? –pregunté Jurek.

–No lo sé –mentí.

–El caso es que Raclaw no está aquí –dijo Jurek–. No puede ganar si no nos lo enseña.

Yo deseaba haberme quedado con el botón y, al mismo tiempo, me asqueaba que siguiéramos hablando de la competición. Para cambiar de tema, dije:

–¿Alguien sabe qué ha sido de Wojtex?

–Ni idea –dijo Makary.

–No te creas que has ganado –dijo Jurek girándose hacia mí.

–¿De qué hablas? –le dije.

–Acabas de decir que Raclaw tiene un botón inglés. Pero él no está aquí, así que mi botón austríaco sigue siendo el que gana. O quizá Wojtex tiene alguno mejor.

–La competición se ha acabado –dije.

–De eso nada –insistió Jurek–. Las reglas son las reglas. La competición se alarga un día más. Es lo justo. Tenemos que encontrar a Wojtex. Además, ¿ves a esos soldados del pantalón rojo? Son franceses. Han venido con los rusos. Me juego lo que queráis a que sus botones son de los buenos.

Frustrado, le espeté:

–Déjate ya de botones. Tengo algo mejor.

Nada más decirlo, lamenté haber abierto la boca.

–¿Qué es? –preguntó Jurek.

–Nada.

–Anda –dijo Jurek–. Ahora tienes que decirlo. Si empiezas, tienes que acabar.

Jurek se inventaba reglas más rápido que nadie. Y siempre jugaban a su favor.

–No pienso decirlo.

–Entonces no digas que tienes algo mejor –dijo Jurek–. Quedas como un embustero. La competición se alarga un día más. Si no, gano yo.

Sacudí la cabeza.

–Di qué es lo que tienes –dijo Makary dándome con el codo.

Volví a sacudir la cabeza.

–No decir la verdad es pecado –dijo Ulryk.

–Cierto –insistió Makary–. ¿Qué es?

Jurek me dio un fuerte manotazo. Esperé unos segundos, sintiendo sus miradas. Entonces dije:

–¿Os acordáis del soldado inglés?

–¿El que dices que han matado?

–Sí... Bueno... Le quité la pistola.

–¡¿La pistola?!

Asentí.

–¿Es eso verdad? –dijo Jurek.

–Os lo acabo de decir.

–¿Dónde está? –dijo Makary–. Enséñanosla.

Negué con la cabeza.

–No es justo –dijo Jurek.

–Me da igual.

–Si no nos la enseñas, es que es mentira.

Seguí sacudiendo la cabeza.

–La has escondido, ¿verdad? –dijo Jurek mirándome.

Yo seguía con la boca cerrada.

–¿Dónde? –insistió Jurek–. ¡Un momento! Ya lo sé. La tienes en esa estúpida cajita que guardas al lado de la cama.

Me enfureció ver que Jurek lo había adivinado, pero me mantuve en silencio.

Jurek no dijo nada más, pero continuó mirándome con una sonrisita estampada en el rostro. Tenía que esconder la pistola en otra parte. Y enseguida. Me bajé del pedestal para no tener que seguir con la conversación.

–Me voy a casa de Wojtex –anuncié–. A ver si me entero de qué le ha ocurrido.

61

Corrimos hacia el lugar donde hasta poco antes había estado el puente y descendimos el terraplén. La gente del pueblo había colocado los tablones del puente de tal modo que formaban una pasarela por la que se podía atravesar el Río.

Pasamos al otro lado.

El padre de Wojtex tenía la carnicería en la calle principal. La familia –Wojtex, sus dos hermanas mayores, su madre y su padre– vivían en el piso de arriba. La tienda no era muy grande, pero siempre estaba llena de gente. Sin embargo, cuando llegamos a la casa, vimos que todas las ventanas estaban trancadas. La tienda no solo estaba cerrada, sino que delante de la puerta había un carro. El padre de Wojtex y sus dos hermanas estaban cargando sillas, mesas y mantas.

Wojtex no estaba.

Nos quedamos ahí mirando. Fue Jurek quien preguntó:

–¿Está Wojtex por aquí?

Una de las hermanas, que estaba metiendo una gran tetera en el carro, se dio la vuelta. Estaba llorando.

Tras mirarnos unos instantes con el rostro lleno de dolor, dijo:

–¿Es que no os habéis enterado?

–¿Enterado de qué?

–Los alemanes tomaron a Wojtex por un espía. Lo fusilaron.

62

—¡¿Que lo fusilaron?! –gritó Makary.

Nos quedamos ahí boquiabiertos, incapaces de reaccionar. Yo me sentía igual que el día que vi caer la bomba sobre el colegio. No podía hacerme a la idea. No podía creérmelo.

–¿En serio? –dijo Jurek. Ni siquiera él podía creérselo.

El padre de Wojtex asintió y trató de enjugarse las lágrimas.

–Pero... ¿por qué? –dijo Ulryk.

–Tenía un botón ruso. Dijeron que era un mensaje. Y que él era un espía.

–¿Porque tenía... un botón? –dije yo.

Una de las hermanas asintió con la cabeza.

Ulryk se santiguó.

–Que Dios lo tenga en su gloria –dijo.

–Nos vamos –dijo la hermana de Wojtex–. Como vuelvan los alemanes, más vale que no estemos aquí.

–¿Van a volver los alemanes? –preguntó Jurek.

–Mi niño os apreciaba mucho –dijo el padre de Wojtex–. A todos. Pero, por favor, ahora sería mejor que os marchaseis.

–Lo siento... –acerté a decir.

–Sí –dijo Makary–. Yo también lo siento.

–Nosotros también lo apreciábamos –dijo Ulryk.

–Y no era ningún espía –añadió Makary.

«Pero Jurek sí –pensé yo–. Y el padre de Raclaw también». No dije nada.

–Gracias –dijo la hermana de Wojtex, y, llorando, corrió adentro de la casa.

63

Dimos media vuelta y regresamos al pueblo sin hablar, hasta que yo dije:

–Esto de los botones se ha acabado.

–Entonces yo soy el rey –dijo Jurek–. La vara es mía.

Nadie dijo nada.

Cruzamos el Río y, sin hablar, nos dirigimos al surtidor. Una vez ahí, nos sentamos en silencio. No sé qué estarían pensando los demás, pero yo pensaba en Wojtex. Y en el pueblo. Cuando miraba a mi alrededor y veía todas esas ventanas y puertas rotas y los agujeros de bala, me daba la impresión de que era un lugar en ruinas. Sentí miedo.

–Por cierto, mi hermana se ha ido –dijo Jurek.

–¿Adónde? –dijo Makary.

–Con el soldado alemán, el que se alojaba en nuestra casa. No sé muy bien si ella se fue con él o si fue él quien se la llevó.

–¿Irás a buscarla? –pregunté.

–Que haga lo que quiera –dijo Jurek, y añadió–: La odio.

–¿Y qué vas a hacer? –dije.

–Nada.

–¿Y tu otra hermana? –preguntó Ulryk.

–No sé ni dónde vive.

–Entonces ¿te vas a quedar solo?

–Con la vara. Mejor así.

Transcurridos unos instantes, Makary dijo:

–A este paso, todos acabaremos igual. No va a quedar nadie.

–Yo pienso quedarme –dijo Jurek.

Guardamos silencio un momento, hasta que Makary dijo:

–Wojtex no era ningún espía. –Y pegándole a Jurek en la pierna añadió–: Tú sí.

–Los reyes de los botones pueden hacer lo que les venga en gana –dijo Jurek.

–¡Al cuerno los botones! –grité–. ¡Deshaceos de ellos!

–Solo si admitís que he ganado –dijo Jurek.

Para frustración mía, ni Makary ni Ulryk dijeron nada.

64

No sé cuánto tiempo llevábamos ahí sentados, sin hablar, cuando oímos un rumor de cascos de caballo: una unidad montada de soldados se aproximaba por la calle. Los caballos habían cruzado el Río y todavía estaban chorreando. Los soldados llevaban largos capotes negros y, a pesar del calor, gorros altos de piel. Todos ellos lucían unos cinturones de los que colgaban lo que parecían ser fundas de daga. En la espalda llevaban los fusiles.

–¡Cosacos! –gritó Jurek.

–¿Qué es eso? –dijo Makary.

–Son rusos –dijo Jurek–. Son sus mejores soldados.

Eran unos cuarenta y desfilaron por todo el pueblo. La gente que pasaba por la calle dejaba de hacer lo que tuviera entre manos para mirarlos.

Fue Makary quien dijo:

–Menos mal, no tienen botones.

–En alguna parte deben tenerlos –dijo Jurek.

–Patryk tiene razón –dijo Ulryk–. Deberíamos dejar correr esto de los botones.

–Cuando admitáis que he ganado –dijo Jurek.

Mientras veía pasar a los cosacos, me fijé en que llevaban algo clavado en el gorro. Al principio no entendí muy bien qué era. Solo tras fijarme mejor me di cuenta de que era una especie de placa o insignia: una calavera sonriente de latón con dos huesos cruzados detrás. «¿Y eso es un botón o no?», me pregunté. Entonces me acordé de que Jurek había obtenido su botón de la gorra del austríaco muerto. Si aquello era un botón, ¿no iban a ser botones esas calaveras del gorro de los cosacos? «Como consiga una de esas –pensé–, gano seguro. Y entonces se acabará esta estúpida competición».

Miré a Jurek preguntándome si se habría fijado en los botones de los cosacos. Su rostro no dejaba entrever nada. Resultaba imposible saber si había visto las calaveras; de ser así, sabía que trataría de procurarse una. Aparté la mirada con la esperanza de que nadie más hubiera reparado en ellas. Al mismo tiempo, me dije que si Jurek las había visto, tenía que impedir que consiguiera una.

–Lo que no entiendo –dijo Makary– es por qué pensarían que solo porque Wojtex tenía un botón tenía que ser un espía.

–Porque son idiotas –dijo Jurek–. El caso es que ahora solo somos cuatro. Mejor.

–No, no es mejor –dijo Ulryk.

–¿Quieres retirarte? –dijo Jurek–. Entonces quedaríamos solo tres.

Ulryk se quedó donde estaba, con aire incómodo.

Yo pensé en levantarme e irme a casa, pero me daba miedo que Jurek me siguiera y me obligara a enseñarle la pistola.

Finalmente, fue Makary quien se puso en pie y gritó:

—¡Eh, mirad!

65

Dos carros tirados por caballos llegaron por la calle siguiendo la misma dirección que los cosacos. A las riendas del primer carro iba el padre de Raclaw. Llevaba un traje negro. La madre de Raclaw iba sentada a su lado.

–¡Es la familia de Raclaw! –exclamó Makary–. ¡Se van!

–Se van con los alemanes –dijo Jurek.

–¿Dónde está Raclaw?

Los carros avanzaban despacio y chirriando. En cuanto el primero hubo pasado por delante de nosotros, varios soldados rusos se plantaron en medio de la calle y uno de ellos levantó la mano. El padre de Raclaw tiró fuerte de las riendas y los caballos se detuvieron.

Vimos cómo el padre de Raclaw se sacaba unos papeles del abrigo y se los tendía al soldado. El soldado los examinó, mirando ora un papel, ora otro.

–Me juego lo que queráis a que tiene permiso para irse –dijo Jurek–. Habrá sobornado a alguien. Es lo que tiene ser rico: puedes conseguir lo que sea.

El soldado ruso le devolvió los papeles al padre de Raclaw y le indicó que prosiguiera. Los carros comenzaron a rodar nuevamente.

Cuando hubieron avanzado un poco más, vimos a Raclaw. Iba sentado en la parte trasera del segundo carro, montado sobre lo que parecía una pila de mantas. Llevaba el brazo izquierdo en cabestrillo y la gorra muy calada, como para protegerse los ojos.

En cuanto lo vimos, saltamos del pedestal del surtidor y corrimos tras el carro.

–¡Eh, Raclaw! –gritó Makary.

Raclaw, entrecerrando los ojos, sonrió y nos saludó con la mano.

–¿Adónde vais? –grité cuando llegamos a su altura.

–Mi padre dice que no podemos quedarnos aquí –respondió Raclaw.

–¿Por qué? –preguntó Ulryk.

Raclaw miró a un lado y a otro, como si temiera hablar más de la cuenta, pero finalmente dijo:

–La guerra va a ir a peor. Además, los rusos nos han quitado la casa.

–¿Qué significa que os la han quitado? –pregunté.

–Pues que han entrado y nos han dicho que teníamos que irnos.

–¿Os vais con los alemanes? –preguntó Makary.

–Solo sé que nos vamos –dijo Raclaw encogiéndose de hombros.

–¿Adónde? –pregunté yo.

–No estoy seguro.

–¿Y el brazo qué tal? –dije.

–Me duele.

–¿Qué has hecho con tus botones? –preguntó Jurek.

–Mi padre me los ha tirado.

–¿Dónde?

–No lo sé.

–¿Volverás? –preguntó Makary.

–Tampoco lo sé.

–Drugi se ha muerto –dijo Jurek–. Y los alemanes han fusilado a Wojtex.

–¿Que lo han fusilado? ¿Por qué?

–Decían que era un espía –dijo Jurek.

–Porque tenía un botón ruso –añadí yo–. Su familia también se marcha. Creo que se van en dirección contraria. Hacia el este.

Entretanto, habíamos llegado a la entrada oeste del pueblo y los carros empezaron a rodar más deprisa. Nos detuvimos y los vimos alejarse.

–¡Hasta pronto!

–¡Buena suerte!

–¡Esperemos que volváis!

–¡Que Dios os bendiga! –gritó Ulryk.

Raclaw nos dijo adiós a los cuatro con el brazo bueno. Nosotros nos quedamos ahí hasta que lo perdimos de vista.

–Me caía muy bien –dijo Makary.

–Era un sabelotodo –dijo Jurek.

–Ahora solo quedamos nosotros –dijo Ulryk.

–Mejor –dijo Jurek–. Así lo tengo más fácil para ganar. Ya veréis. Tendréis que inclinaros ante mí. **215**

66

La entrada oeste del pueblo quedaba cerca del viejo cuartel. Tiempo atrás debía de haber sido un granero. El edificio era bajo y alargado, con el tejado alto a dos aguas. La pintura blanca de las paredes estaba desconchada, y las tejas de madera se habían abarquillado con los años. En la pared que daba a la carretera, había unos bancos en los que estaban sentados varios soldados. Por el uniforme –guerrera azul, pantalón rojo–, supuse que serían franceses. Algunos fumaban con pipa, otros fumaban cigarrillos. Iban calzados con botas y tenían las piernas estiradas. Tres de ellos tenían instrumentos musicales –que debían de haber sido de los alemanes– e intentaban tocarlos, riéndose al oír cómo desafinaban.

Los cuatro nos quedamos mirándolos.

Makary señaló un punto al oeste del cuartel.

–Fijaos –dijo.

Los cosacos habían atado sus caballos y estaban levantando unas tiendas.

Jurek hizo como si no estuvieran; parecía interesado únicamente en los soldados franceses del cuartel.

–¿Por qué llevarán pantalones rojos? –dijo Ulryk.

–Me importa un rábano –dijo Jurek–. Solo quiero saber qué clase de botones llevan esos.

–Yo no quiero saber nada más de botones –dijo Makary.

–Eso es porque vas perdiendo –dijo Jurek, que ya había empezado a caminar en dirección a los franceses–. ¿Alguien viene conmigo? –preguntó.

Ulryk dio media vuelta.

–Tengo que ir a confesarme con el padre Stanislaw.

Se fue corriendo. Yo estaba seguro de que lo había dicho para escaparse.

–¿Patryk? ¿Makary? –dijo Jurek.

–¿Por qué no? –dije yo, y fui con él. Al cabo de un rato, Makary nos siguió.

Habíamos caminado un trecho cuando Jurek dijo:

–Menos mal que solo somos nosotros tres.

–¿Por qué? –dijo Makary.

–Porque Ulryk es tonto. Todas esas paparruchas de la iglesia... Yo lo sabía desde el principio: la competición de los botones se decidirá entre los tres.

Makary dejó de caminar.

–Ya te lo he dicho –dijo–. No quiero saber nada más de botones.

–¿Patryk?

–Yo tampoco estoy muy seguro.

–Entonces ya podéis inclinaros ante mí. Y tú tendrás que darme tu pistola.

–Solo digo que no me he decidido –respondí.

—Yo igual —dijo Makary.

Jurek siguió caminando. Y nosotros, un paso por detrás de él.

Llegamos adonde estaban sentados los soldados franceses. Jurek se detuvo y los miró.

—¿Lo veis? Montones de botones —dijo.

Yo también los veía. Lustrosos y relucientes.

Uno de los soldados levantó la mano y nos invitó a acercarnos. Creo que trataba de mostrarse amistoso.

—Venid —dijo Jurek—. Voy a enseñaros algo.

En lugar de acercarse a los soldados franceses, nos condujo hacia la parte trasera del cuartel. Una vez ahí, dijo:

—¿Veis eso? —Señaló dos postes situados a unos seis metros uno del otro; entre ambos había tendida una cuerda—. ¿Sabéis para qué son?

Yo negué con la cabeza.

—¿Es que no os acordáis de que yo venía aquí a recoger la ropa de los rusos? Para que mi hermana se la lavase. Es un tendedero. Me juego lo que queráis a que los franceses también tenderán aquí su ropa.

Makary y yo no dijimos nada.

Dirigiéndose a mí, Jurek añadió:

—¿Te acuerdas de la noche que arrancamos los botones de los rusos detrás de mi casa?

—Sí.

—Pues eso —dijo Jurek—. Pienso volver esta noche para hacerme con un botón. ¿Queréis venir conmigo?

—¿Y si los soldados franceses nos ven? —dijo Makary.

—Podrías traerte la pistola —dijo Jurek mirándome.

—¿Por qué iba a hacer eso?

Jurek no dijo nada, sino que se limitó a mirarme con una sonrisilla que me hacía sentir incómodo.

Mientras todavía estábamos ahí, apareció un soldado francés cargado con una canasta llena de ropa. Al vernos, dejó la canasta en el suelo y gritó algo para que nos fuéramos. Incluso se llevó la mano a la pistola que llevaba al cinto, a modo de advertencia.

Mientras nos íbamos, Jurek, en voz baja, dijo:

–No sé vosotros, pero yo pienso volver. Esta noche mismo. A coger botones franceses. No habrá nadie. Si no venís, os prometo que conseguiré uno y ganaré. Porque vosotros no os atreveréis a coger ninguno. Si al final os decidís, nos vemos en el surtidor cuando haya oscurecido. Ya tarde.

Makary tenía una expresión preocupada en el rostro. Al cabo de un rato dijo:

–Ya te lo he dicho, yo no vuelvo.

–¿Patryk? –dijo Jurek–. ¿Tú también tienes miedo?

Yo no dije nada. Estaba pensando en cómo detener a Jurek de una vez por todas. Miré hacia el campamento de los cosacos, preguntándome si sería posible hacerme con uno de esos botones de las calaveras. Pero el campamento estaba lleno de gente. Demasiado arriesgado.

67

Mientras volvíamos al pueblo, me puse a pensar en Drugi. Y en Raclaw. Y en Wojtex. Lo que les había ocurrido había sido por culpa de Jurek y los botones. A mi juicio, el mejor era el mío, el del cañón ruso. Es verdad que Raclaw tenía un botón inglés, pero Raclaw se había ido. Así que, por el momento, yo era el ganador. No obstante, estaba seguro de que Jurek buscaría el modo de vencerme. Debía evitar que consiguiera un botón mejor. Por ejemplo, un botón francés.

Makary acababa de decir que no quería botones franceses. Eso significaba que la competición se decidiría entre Jurek y yo. Al pensar eso, se me ocurrió una idea para evitar que Jurek consiguiera su propósito.

Cuando llegamos al surtidor, me paré.

–Tengo que irme a casa –dije.

–Si cambiáis de idea sobre lo de esta noche, ya sabéis –dijo Jurek.

–Ya veremos –se limitó a decir Makary, y se fue.

Yo esperé a que Makary se hubiera ido y entonces me giré hacia Jurek.

–Yo iré contigo –dije.

–Genial. Entonces la cosa está entre tú y yo –dijo con la mejor de sus sonrisas–. Será increíble. Esta noche, cuando oscurezca, nos vemos en el surtidor. ¡A por los franceses!

–Hecho –dije yo, y me fui para casa.

Miré atrás una vez, dos veces. Vi que Jurek se iba hacia el Río, en dirección a la casa de su hermana. «Lo de vivir solo iba en serio», pensé.

Cuando tuve la certeza de que se había ido, cambié de dirección y regresé al cuartel donde se habían instalado los soldados franceses.

Algunos de ellos seguían sentados en los bancos. Me acerqué y les dije:

–¿Alguno habla polaco? ¿Y ruso?

Uno de los franceses se sacó la pipa de la boca y dijo en polaco:

–¿Qué es lo que quieres?

–Uno de mis amigos va a venir esta noche –dije–, y si hay algún uniforme colgado en la parte de atrás, intentará robarle los botones.

–¿Los botones?

–Quiere quedárselos.

El soldado me miró de arriba abajo mientras daba chupadas a su pipa.

–Si es amigo tuyo, ¿por qué nos lo estás diciendo?

Sabía que me preguntarían eso.

–Porque no me gusta que se robe –dije yo.

–¿Y vendrá esta noche, dices?

–Sí.

–¿Sabe lo que hacemos con quienes intentan robarnos? Negué con la cabeza.

–Los fusilamos. Más vale que se lo digas a tu amigo.

–Se lo diré –dije, y pensé: «Como los alemanes».

Di media vuelta, eché un vistazo al campamento de los cosacos y regresé al pueblo.

68

Cuando llegué al surtidor, vi que Makary y Ulryk estaban ahí sentados. Fui a sentarme a su lado.

–Creía que te habías ido a casa –le dije a Makary.

–He cambiado de idea –dijo él–. He estado hablando con gente. ¿Sabes lo que dicen? Que los alemanes van a volver. Y que echarán a los rusos y a los franceses.

–¿Cómo lo saben?

–Es lo que se rumorea.

–¿Y cuándo será?

–No lo sé. Pronto.

–¿Y tú crees que es verdad?

Makary se encogió de hombros.

–Yo creo que sí –dijo Ulryk.

–Yo lo único que sé –dijo Makary– es que no quiero meterme en líos. Haré como Raclaw. Le diré a mi familia que nos marchemos.

–¿Adónde?

223

—Me da igual. Lejos de aquí.

—¿Y la competición de los botones? –dije yo.

—He ido a confesarme y le he explicado al padre Stanislaw lo de los botones –dijo Ulryk.

—¿Por qué has hecho eso? –pregunté.

—Porque es lo que hay que hacer en confesión. El padre Stanislaw ha dicho que lo de robar los botones está mal. Que da igual que sean poca cosa. «Se empieza con poco y se acaba con mucho», ha dicho. Dice que robar es robar. Y que es pecado. Y que si sigo haciéndolo, no podrá ayudarme para que me haga cura. Así que lo dejo. Antes he ido a tirar mis botones al Río. Además, puede que el padre Stanislaw se vaya. Y si se va, yo me voy con él.

—Jurek no va a dejarlo –dije yo–. Será el rey.

—No para mí –dijo Ulryk.

Nos quedamos ahí sentados unos instantes, hasta que de repente Ulryk se levantó y se fue. Tal cual. Sin decir nada.

Makary y yo nos quedamos donde estábamos.

—Solo para que lo sepas –dijo Makary–, he cambiado de idea: esta noche voy a ir con Jurek.

69

—¿Cómo es eso? –le pregunté.

—No puedo soportar la idea de que Jurek sea el rey. ¿Tú sí? Odio que me diga que soy un cobarde. Pero no te preocupes: es la última vez que voy a buscar botones. Conseguiré el mejor y ganaré a Jurek. Ya sabes lo rápido que corro. Después de eso, se acabó.

—No lo hagas –dije.

—¿Por qué?

Me daba miedo explicarle lo que había ido a hacer al cuartel. Y lo que me había dicho el soldado francés. Me limité a decirle:

—No es seguro. No vayas.

—Lo dices para ganar tú.

—No, ya os lo he dicho –repliqué–: yo no voy a ir. Además, los franceses ya nos han visto merodeando por ahí. El que nos ha dicho que nos fuéramos llevaba una pistola. Estarán vigilando. Acuérdate de lo que le ha pasado a Wojtex.

–¿Se lo has dicho a Jurek?

–Él estaba ahí.

Makary movió la cabeza.

–Te estás preparando el terreno para ir tú solo.

–¡Que ya te lo he dicho! ¡Que yo no pienso ir!

–Pues yo sí. Quizá tú tengas miedo, pero yo no.

No dije nada más. Me sentía impotente. Ninguno de los dos volvió a hablar. Nos quedamos contemplando cómo los vecinos del pueblo iban de aquí para allá atendiendo a sus cosas. Todo parecía distinto: las personas se movían más despacio, como si arrastrasen unas rocas invisibles. Vimos a más gente en carros con sus pertenencias apiladas, marchándose. Otros se iban con sacos cargados a la espalda. Era como si el pueblo fuera encogiéndose, desapareciendo.

Puede que nos pasáramos así una hora. Durante ese rato, Makary y yo no volvimos a dirigirnos la palabra. Nos limitamos a observar. Hasta que de pronto, dije yo:

–¿Crees que los rusos saben que los alemanes volverán?

Makary se encogió de hombros y se levantó.

–Me voy a casa. Pero esta noche iré con Jurek. ¿Tú vienes o no?

Dije que no con la cabeza.

–Muy bien –dijo, y se fue.

Yo me quedé sentado un rato más, tratando de decidir qué hacer. Finalmente, me fui a mi casa, pensando que debía deshacerme de la pistola.

Entré por la puerta principal. Mi madre estaba en la cocina.

–Tu amigo Jurek acaba de pasar por aquí –dijo–. Te estaba buscando.

–¿Ah, sí?

Mi madre asintió.

–¿Qué quería?

–No me lo ha dicho. Estaba aquí esperando cuando he vuelto de comprar. Como ahora no tenemos puente, he tardado más de lo habitual. Y en el mercado hay mucha cola. La gente no hace más que decir que los alemanes van a volver. Todo el mundo tiene miedo. La gente está huyendo.

–Entonces, ¿Jurek estaba aquí solo cuando has llegado?

Ella asintió.

–Se ha ido poco después de que yo llegara. Quiero que le digas que no es bienvenido en esta casa.

La miré y me acerqué a mi estante de dormir. Me subí a la escalera, saqué la cajita de madera y abrí la tapa. La pistola no estaba.

Mis padres y yo nos sentamos en torno a la mesa de la cocina.

Mi padre dijo:

—Lo he decidido; tenemos que irnos.

—¿Por qué? —pregunté.

—Porque están arrasando el pueblo. Y se dice que los alemanes van a volver. Pronto no quedará nada.

—¿Adónde vamos a ir?

—Ahora que no hay puente, lo más fácil es ir hacia el oeste. Me llevaré las herramientas. En todas partes hace falta alguien que sepa reparar ruedas.

—Debemos mantenernos unidos —dijo mi madre.

—En la carretera del oeste —dijo mi padre— hay mojones que marcan las distancias. Si nos separamos, nos reuniremos en el quinto mojón. ¿Entendido? El quinto. Ahí estaremos seguros. Esperaremos dos días.

—¿Y entonces qué? —pregunté.

—Seguiremos adelante —dijo mi padre.

71

Pasé la mayor parte de la tarde trabajando con mi padre, decidiendo qué herramientas llevarnos. No hablamos mucho, y yo no estaba demasiado centrado en lo que hacía. No hacía más que pensar con preocupación en Jurek y en que me había robado la pistola. ¿La habría cogido por cogerla, me preguntaba, o tenía intención de usarla?

Por la noche, les dije a mis padres que quería despedirme de mis amigos.

–Puede que no vuelva a verlos.

–Pero vuelve enseguida –dijo mi madre.

Salí.

Hacía una noche muy parecida a la noche en que había ido a casa de Jurek a robar el primer botón. No había ni nubes ni humo, y la luna brillaba y me permitía ver bien. También se distinguían unas cuantas estrellas. En la calle principal no había nadie, ni siquiera los soldados rusos. Las casas, dañadas y abandonadas, estaban oscuras y sin vida. Hasta la taberna estaba cerrada. Todo el pueblo parecía desierto.

Al llegar al surtidor, vi que había alguien sentado. Supuse que sería Jurek. Me paré. Mi primera intención era no decirle que había puesto sobre aviso a los franceses, pero en ese momento cambié de idea. Si algo malo le ocurría, sería mi culpa. Le recordaría que el soldado francés ya nos había visto. A partir de ahí, que Jurek decidiera qué hacer.

Sin embargo, al acercarme al surtidor, me di cuenta de que no era él quien estaba ahí sentado, sino Makary.

–¿Dónde está Jurek? –le pregunté tratando de aparentar normalidad mientras me sentaba en el pedestal.

–Ni idea.

–¿Hace mucho que esperas?

–Algo.

–¿Y por qué sigues aquí?

No me respondió. Lo único que dijo fue:

–¿Has cambiado de idea?

–No, no voy a ir –dije.

–Entonces solo seremos Jurek y yo –dijo Makary–. No puedo dejar que Jurek gane.

–No vayas –dije.

–¿Por qué?

–Porque el soldado francés nos ha advertido. Y tenía una pistola.

–Eso significa que...

–¿Dónde crees que está Jurek? –dije.

Makary se encogió de hombros.

Tenía que detener a Makary, así que dije:

–¿Recuerdas que antes he dicho que tenía la pistola del soldado inglés?

–Sí, ¿por?

–Jurek ha ido a mi casa y me la ha robado.

Makary me miró fijamente.

–¿Estás seguro?

–Totalmente.

–¿Por qué iba a hacer eso?

–No lo sé.

Nos quedamos sentados sin hablar.

–A lo mejor –dijo Makary– es Jurek el que tiene miedo y se ha rajado.

–Lo dudo –dije yo.

–¿Entonces?

–Va a usarla.

–¿Cómo?

–¿Qué te hace pensar que yo lo sé todo?

–Porque eres su mejor amigo.

–No es verdad. Lo odio.

–Yo también.

No estoy seguro de cuánto tiempo llevábamos en el surtidor cuando Makary se puso en pie.

–¿Te vas a casa? –pregunté.

–Ya te lo he dicho –respondió Makary–. Que Jurek tenga miedo no significa que yo también. Conseguiré unos cuantos botones de los franceses y seré el rey. Así acabaremos de una vez con esta tontería.

–¿Vas a ir solo?

–Claro. Conozco el camino. Y corro mucho. –Dio un primer paso, pero se detuvo–. Anda, ven conmigo.

Yo dije que no con la cabeza.

–¿Por qué?

Tomé una profunda bocanada de aire.

–Antes he hablado con los soldados franceses. Me han dicho que si alguien intenta robarles algo, lo fusilarán.

Makary se quedó clavado donde estaba.

–¿Cuándo has hecho eso?

–Después de irnos del cuartel, he vuelto y les he dicho que quizá por la noche iría alguien.

Makary me miró fijamente y dijo:

–No te creo. Primero dices que Jurek te ha robado la pistola. Luego que los franceses nos están esperando. Lo que quieres es asustarme. Eres igual que Jurek. Lo que quieres es ganar. Pues yo pienso ir. Si no quieres venir, no vengas.

–¡No vayas!

–¿Sabes qué? –gritó él–. ¡Estoy hasta las narices de todo este rollo de los botones!

–¿Y por qué lo haces?

–Ya te lo he dicho. Porque odio a Jurek. No quiero tener que aguantar sus órdenes.

–¡No le hagas caso! –grité yo, pero Makary ya había echado a andar calle abajo, en dirección oeste.

–¡No lo hagas! –grité–. ¡No vayas!

Pero él siguió caminando.

73

Lo miré mientras se alejaba y luego me puse a pensar dónde estaría Jurek. Era impropio de él desaparecer de esa manera. Tenía el pálpito de que estaba ocurriendo algo que se me escapaba. Makary acababa de perderse de vista cuando salté del pedestal y me puse a seguirlo, si bien a esa distancia era poco más que una silueta oscura.

En la carretera no había nadie. Si no hubiera sabido que el que iba delante de mí era Makary, no habría tenido manera de saber quién era. Con todo, me bastaba con su silueta para mantenerme a su paso. Caminaba despacio y, que yo sepa, en ningún momento se dio la vuelta, por lo que estaba seguro de que no me había visto.

Ya cerca del cuartel, se detuvo. Supongo que trataba de decidir qué hacer. Yo esperaba que cambiase de idea. Pensé en llamarlo, pero dentro del edificio se veían unas luces que parecían velas. Si había soldados franceses de guardia, iban a ir mal dadas, tanto para él como para mí.

Me aparté de la carretera y me quedé al lado de unos matorrales. La decisión se reveló providencial, ya que justo en ese momento Makary miró hacia atrás. Pude ver su cara blanca. Yo estaba seguro de que no me había visto, porque acto seguido se dio la vuelta otra vez.

Durante un rato permaneció inmóvil, como inseguro de si seguir adelante o no.

Yo, en mi cabeza, gritaba: «¡No lo hagas!».

Entonces vi que se adentraba aún más en la oscuridad, en dirección al cuartel, hasta que dejé de verlo.

Avancé despacio, escrutando la penumbra para ver dónde se había metido. Al no hallar ningún rastro de él, supuse que se habría ido ya a la parte trasera del edificio, donde debían de estar los uniformes de los franceses. En un momento dado, creí volver a verlo, aunque no estaba seguro. Entonces se me ocurrió que quizá había alguien más ahí fuera.

¿Sería un soldado francés?

¿Sería Jurek?

Esperé conteniendo la respiración.

Estalló un disparo.

Aturdido, avancé unos cuantos pasos y vi que las luces se movían en el interior del cuartel. Al cabo de un momento, un grupo de soldados salió corriendo del edificio, algunos de ellos con faroles encendidos. No llevaban puesto el uniforme, pero me imaginé que serían soldados franceses. De pronto, algo más allá, donde el campamento de los cosacos, se encendieron también unas luces.

Asustado, salí corriendo por la carretera en dirección al centro del pueblo. De vez en cuando echaba la vista atrás para ver si alguien me seguía. No vi a nadie. Llegué al surtidor y enseguida vi que allí tampoco había nadie.

Mientras me preguntaba qué podía haber ocurrido, me senté en mi sitio habitual y aguardé con la esperanza de ver aparecer a Makary corriendo desde la carretera.

No venía. Aun así, esperé.

74

No tengo ni idea de cuánto tiempo esperé sentado junto al surtidor. Solo sé que me quedé ahí, con la mirada fija en la carretera. Nadie apareció. Yo seguía pensando qué podía haber ocurrido. Sabía que debía estar en casa, que mis padres estarían preocupados, pero tenía que averiguar qué había pasado.

En un momento dado, me di cuenta de que llegaba alguien desde la dirección donde estaba el cuartel. Al principio no supe quién podía ser. Luego vi que era un chico, pero todavía no alcanzaba a distinguir quién era. Yo rezaba para que fuera Makary.

Esperé sin apartar los ojos de la oscuridad.

Era Jurek.

Fue directo al surtidor y se paró. No debía de haberme visto, porque de pronto en su rostro se reflejó una expresión de sorpresa. Era como si no esperara encontrarme ahí sentado, como si me tomara por un fantasma.

—¿Patryk? —dijo.

Parecía no estar seguro de si era yo.

Yo no dije nada, pero traté de descifrar su gesto.

—Pensaba... Pensaba que al final no ibas a venir —dijo.

Su voz sonaba azorada y confusa. Seguía de pie en el mismo sitio, mirándome.

—¿Dónde está Makary? —pregunté.

—¿Makary? —dijo él—. Ni idea. Al verte, he creído que eras él. Pero... eres tú.

—¿Has ido al cuartel? —le pregunté.

—Dije que iría, ¿no?

—¿Y no has visto a Makary?

Jurek negó con la cabeza.

—Pero si antes ha dicho... tú también estabas... ya lo has oído... ha dicho que no iba a ir. Has sido tú el que ha dicho que sí iría.

—Los dos hemos cambiado de idea —dije—. Yo me he quedado aquí y él ha ido. Lo he visto marcharse.

Jurek seguía ahí, muy quieto.

Pasados unos instantes que se hicieron eternos, dijo:

—No lo he visto. —Y al cabo de un momento, añadió—: He encontrado un botón fenomenal. —Se acercó a mí y me lo mostró—. Con este sí que gano.

Yo no dejaba de escrutar su cara, procurando comprender qué había ocurrido. Dentro de mí, empezó a crecer una duda terrible.

Jurek seguía ahí, con la mano abierta. Efectivamente, tenía un botón.

Como no sabía qué más hacer, tomé el botón y lo examiné. Era más o menos del mismo tamaño que los otros, de color latón, con dos cañones en cruz. Entre ambos cañones, más arriba, se veía una bola de la que salían una especie de llamas. Me quedé con la cabeza gacha, observando el botón. No quería ni mirar a Jurek. Lo único que sabía era que era un buen botón y que lo odiaba por haberlo conseguido.

–Espectacular, ¿eh? –dijo Jurek con un tonillo burlón–. Esto no hay quien lo supere. He ganado, estoy seguro.

Con el botón todavía en la mano, hice un esfuerzo y alcé la vista.

–Quiero saber qué le ha pasado a Makary –dije.

–No tengo ni idea. Se habrá ido a casa. Admítelo, he ganado –dijo–. Este botón es mejor que nada que tú puedas tener. –Alargó la mano–. Devuélvemelo.

–¿Que admita que has ganado qué?

–El desafío, atontado. Soy el rey.

–A lo mejor Makary tiene otro mejor.

–Sí, claro, cómo no –dijo Jurek–. Solo que... Yo no lo he visto –insistió–. No he visto a nadie. Aunque podría ser... que hubiera ido ahí antes que yo.

–Hasta que lo encontremos, no has ganado.

–Como quieras –dijo Jurek encogiéndose de hombros.

Le lancé el botón y él lo agarró en el aire.

–Me voy a buscar a Makary –dije bajando del pedestal–. Si no lo encuentro, la competición se resolverá entre tú y yo. Quien tenga el mejor botón, tú o yo, gana.

Eché a caminar por la calle.

–¡Idiota! –gritó Jurek a mi espalda–. Te espero aquí. Prepárate para hacerme reverencias. La vara es mía –dijo golpeándose el pecho con su habitual arrogancia–. Soy el rey de los botones.

Unos cuantos pasos más adelante, me detuve y me giré. Acababa de acordarme de algo.

–¿Tú me has robado la pistola? –grité.

–¿Qué?

–Tú me has robado la pistola, ¿verdad que sí? La que le quité al soldado inglés. Estaba guardada en la cajita que tengo al lado de la cama. En mi casa. Estabas ahí solo cuando ha llegado mi madre. Cuando yo he llegado a casa, la pistola ya no estaba. Te la has llevado tú, ¿verdad?

Me miró, pero se limitó a decir:

–No.

–¡Has sido tú! –grité.

Nos miramos, pero me resultó imposible saber qué estaba pensando. Daba igual; estaba seguro de que había sido él. Por segunda vez, dije:

–Me voy a buscar a Makary.

–Haz lo que quieras.

Seguí avanzando por la calle principal. Mientras caminaba, volví la vista. Jurek estaba sentado en el pedestal, pero no mirándome a mí, sino sus manos; al botón, supongo.

Continué adelante y, mientras caminaba, no podía quitarme ese horrible pensamiento de la cabeza: ¿podía ser que Jurek, confundiendo a Makary conmigo, hubiera usado la pistola para dispararle?

75

Mientras caminaba, empezó a amanecer por el este, donde se divisaban unas nubes veteadas de una luz entre roja y violácea. Me recordó el día que vi por primera vez el aeroplano alemán. Acto seguido, el taca-taca-tac volvió a mi mente. Como siempre, se me puso la carne de gallina, pero, como sabía que era mi imaginación, ni siquiera miré al cielo. En lugar de ello, seguí caminando, esforzándome por quitarme aquel sonido de la cabeza.

Llegué al cuartel. Reunido delante, había un grupo de soldados franceses. También algunos cosacos. Todos estaban mirando algo que había encima de uno de los bancos.

Me detuve.

Uno de los soldados me vio y me indicó que me acercase.

Lo hice.

Se apartaron. Sobre el banco había un cuerpo. Lo reconocí al instante: era Makary.

Uno de los franceses me preguntó en polaco:

–¿Conoces a este niño?

Me acerqué un poco más, con la mirada fija en mi amigo.

El soldado francés dijo:

–Le han disparado.

Luego se señaló a sí mismo y al resto de soldados y sacudió la cabeza, como diciendo: «No hemos sido nosotros».

Asentí. Ya lo sabía.

Aunque estaba mareado y me temblaban las piernas, di media vuelta y regresé al pueblo. Me sentía en la obligación de explicarle a la familia de Makary lo que había ocurrido.

Ya en el pueblo, me crucé por la calle con unas cuantas personas de aspecto desaliñado. Ni yo les presté atención ni ellas me la prestaron a mí.

La casa de Makary estaba al otro lado del Río, lo cual quería decir que para llegar ahí tenía que pasar por delante del surtidor. Esperaba que Jurek no estuviera. Pero estaba.

Solo quería pasar por ahí sin tener que mirar ni siquiera en su dirección. Y eso fue lo que empecé a hacer.

–¡Eh, Patryk! –gritó.

Yo seguí caminando.

Jurek saltó del pedestal, vino corriendo tras de mí y me agarró del brazo.

–¿Has encontrado a Makary?

Me solté, me di media vuelta y lo miré a los ojos. Nada se reflejaba en ellos.

–Está muerto –dije.

–¿De qué estás hablando?

–Makary. Le han disparado.

Jurek no reaccionaba. Esperé.

–¿Han sido los... los franceses? –dijo.

–Ellos dicen que no.

–Entonces, ¿quién?

–Tú –dije haciendo lo imposible para que no se me saltasen las lágrimas.

–Estás loco.

–Creías que era yo. Pero era Makary. Como estaba oscuro, no viste que era él.

–De verdad, estás como una cabra.

–Porque tú tenías la pistola –continué–. Y porque lo único que te importa es ser el rey de los botones.

–¡Ya soy el rey de los botones! –me gritó en la cara.

–¡No lo eres! –le grité yo–. ¡Tú mismo has puesto las reglas! –le solté–. Un día más. Solo quedamos tú y yo.

Seguí caminando.

–No sueñes con conseguir uno de esos botones cosacos y ganarme. ¡No lo conseguirás! ¡Eres un gallina!

Continué caminando. Empecé a oír de nuevo el taca-taca-tac. Esta vez parecía tan real que me di la vuelta y miré hacia arriba.

Desde el oeste, tres aeroplanos volaban en dirección a nosotros.

76

Los vecinos del pueblo los oyeron también y, presa del pánico, salieron corriendo de sus casas para huir en todas direcciones. Aparecieron soldados rusos y franceses que, de pie en mitad de la calle, abrieron fuego con sus fusiles contra los aeroplanos. No parecieron hacerles nada.

Yo me fui corriendo a casa. Al entrar, vi que mis padres no estaban ahí y me pregunté adónde habrían ido. ¿Estarían en los campos? ¿Habrían abandonado el pueblo?

Comenzaron a oírse grandes explosiones.

Salí corriendo por la trasera de la casa y continué corriendo. Detrás de mí, continuaban oyéndose explosiones e incontables disparos de fusil. Al llegar a un campo de patatas, me tiré al suelo, apreté la cara contra la tierra y me tapé las orejas con las manos. Daba lo mismo: explosiones, disparos, aullidos y gritos me llenaban los oídos.

Cuánto tiempo me quedé ahí tendido, no lo sé. Sé que esperé hasta que las explosiones y los disparos cesaron y hasta que dejé de oír el ruido de los aeroplanos. Sin embargo, los aullidos y los gritos continuaban: las voces de la gente lastimada, herida y agonizante. Rodé sobre mi espalda y miré hacia arriba. Era de día. Lo único que se veía en el cielo azul de la mañana eran las nubes blancas. Respiré hondo y olí a quemado. Me incorporé y miré hacia el pueblo. Estaba envuelto en llamas y humo.

Corrí a mi casa con la esperanza de que no hubiera ardido. Como venía del campo, llegué por la parte de atrás. Al acercarme, vi que el tejado estaba en llamas. Corrí a la puerta trasera, la abrí y miré adentro. Salió una vaharada de humo. Tapándome la nariz y la boca con la mano, miré en el taller, la cocina y el dormitorio. Como no encontraba a mis padres, seguí buscando, hasta que salí por la puerta delantera y miré arriba. El fuego del tejado no dejaba de crecer, y lo que es peor, el resto de las casas del callejón también ardían y me impedían el paso.

Di media vuelta y volví a entrar en la casa. Con los ojos hinchados y los pulmones ardiendo, salí por la parte de atrás y me alejé del pueblo en llamas. Cuando llegué al borde de los campos, vi que ahí se había congregado un gran número de personas que miraban alrededor con la cara llena de horror y consternación. Muchas lloraban.

Recorrí el borde del pueblo buscando a mis padres, hasta que llegué al Río. Como no creía que lo hubiesen cruzado, volví atrás.

La mayor parte del pueblo estaba en ruinas, y lo que quedaba era pasto del crepitar de las llamas. Yo no daba crédito a tanta destrucción. Era como en el bosque. Todo había desaparecido. Había cadáveres tendidos por la calle. Aquí y allá había personas que caminaban como si no pudieran ver, pegadas a los laterales de la calle como perros apaleados.

No dejaba de aparecer gente. Algunos habían encontrado carros, caballos o burros y se apresuraban a cargar en ellos las pocas pertenencias que tenían. Incluso había unos cuantos soldados rusos, fusil en mano. Vi a varias personas que rebuscaban entre los cascotes. Me uní a ellas, aun sin saber muy bien qué era lo que buscaban.

Mientras hurgaba entre los escombros, oí un ruido de cascos de caballo. Eran los cosacos, quizá la mitad de los que habían venido. Avanzaban por la calle a galope tendido, en dirección al este. En cuanto aparecieron, se oyó una detonación. Uno de los cosacos cayó de su caballo. Los demás –sin detenerse– siguieron adelante, bajaron el terraplén del Río y reaparecieron en el lado contrario. Una vez en la orilla este, continuaron galopando.

El cosaco al que habían disparado seguía tendido en medio de la calle.

¿Quién le habría disparado?

Temiendo por mi vida, me escondí tras los restos humeantes de una casa y miré con cuidado.

Al otro lado de la calle, entre los escombros, vi aparecer a Jurek. En la mano, tenía la pistola del inglés. Corrió hasta donde estaba el cosaco y se agachó a su lado. Le quitó algo y se fue.

Supe perfectamente qué era lo que le había quitado.

Asustado, salí corriendo hacia mi casa. Había dejado de arder, pero el techo y una de las paredes habían desaparecido. La habitación de delante estaba carbonizada. Me senté delante de la fachada.

Esperé todo el día a que volvieran mis padres. Cuando faltaba poco para que oscureciera, todavía no habían llegado. En un momento dado, entré en el taller de mi padre. El fuego no lo había tocado. Mientras revolvía para ver qué cosas podían servirme de las que se hubieran salvado, vi que debajo del banco de trabajo había un trocito de papel. Lo recogí. En él, con la letra de mi padre, ponía:

¿Dónde estás?
Nos hemos ido al oeste.
Te esperamos.
En el quinto mojón.
¡Ven!

Decidí que lo más seguro era esperar junto a la casa hasta que oscureciera del todo y no hubiera más luz que la de la luna. Como hacía frío, me metí las manos en los bolsillos. El olor a quemado impregnaba el aire. Entonces encontré mi botón alemán. Lo saqué del bolsillo. Ahí estaba, reluciente, en la palma de mi mano. Mientras lo contemplaba, empecé a sentir asco y lo arrojé lejos de mí.

Atravesé el callejón hasta la calle principal, o lo que había sido la calle principal. Por todas partes había esparcidos cascotes y objetos rotos: una cama, una tetera, un marco vacío. Los cadáveres seguían ahí, entre ellos el del cosaco al que habían disparado. Nadie lo había tocado.

El pueblo parecía habitado por sombras. Cuando alcé la vista, no vi ninguna estrella. No se veía un alma. Me imaginé que todo el que había podido habría huido. Era de suponer que quienes vivían en la orilla oeste del Río se habrían ido hacia el oeste, y quienes vivían en la orilla este, hacia el este. Me sentía como si fuera el único superviviente.

De pronto, por la fuerza de la costumbre, miré hacia el pedestal del surtidor. Para mi sorpresa, no lo vi. Confuso, me acerqué y comprobé que también había quedado reducido a escombros. Tanto las ruedas como el caño de hierro estaban en el suelo, abollados. Una de las tuberías sobresalía y perdía un hilillo de agua. Era como si la tierra sangrase.

Para mi asombro, mientras estaba ahí vi que alguien aparecía en lo alto de los cascotes. Lo reconocí enseguida: era Jurek.

Estoy seguro de que no me vio.

Mientras lo observaba, levantó una mano. La luna brillaba lo suficiente como para ver que sostenía algo. Algo que relucía aun bajo la luz más tenue. No cabía duda: era el botón de la calavera del cosaco.

Con la otra mano aferraba la vara.

Alzó ambas manos y, sin dirigirse ni a mí ni a nadie, gritó:

–¡Miradme todos! ¡Soy el rey! ¡Jurek el Bravo! ¡Rey de todas las cosas!

Me di la vuelta y eché a correr por la carretera, huyendo de todo lo que hasta entonces había sido mi vida y rezando por encontrar a mis padres.

Los encontré junto al mojón. Ni siquiera me preguntaron qué había ocurrido y yo tampoco les dije nada. Me abrazaron en silencio y nos pusimos a caminar en dirección a una ciudad cuyo nombre yo desconocía.

Índice

AVI

Edward Irving Wortis, nacido en Nueva York en 1937, ha escrito más de setenta libros para niños y jóvenes, entre los cuales destacan *Crispín: la cruz de plomo, Las verdaderas confesiones de Charlotte Doyle* y *Ciudad de huérfanos*. Sus novelas han sido merecedoras de dos menciones de honor Newbery y una Medalla Newbery, entre otros galardones. Vive con su familia en Denver, Colorado. Visita su web: avi-writer.com

Bambú Exit